EDITORA

© 2022 North Parade Publishing Ltd.
Direitos Autorais © 2022 (North America) International
Todos os direitos reservados
Direitos exclusivos da edição em Língua Portuguesa
adquiridos por © 2022 Todolivro Ltda.
Tradução e Adaptação: Ruth Marschalek
Revisão: Tamara B. G. Altenburg
IMPRESSO NA CHINA

Nenhuma parte desta publicação pode ser reproduzida, utilizada ou armazenada em um sistema de recuperação e busca ou transmitida de qualquer forma ou por qualquer meio — eletrônico, mecânico, fotocópia, gravação ou semelhante —, exceto por citações breves em revisões impressas com indicação da fonte, sem o consentimento prévio do detentor dos direitos autorais. Proibida a reprodução no todo ou em parte, por qualquer meio, sem a prévia autorização do editor.

Atlas Bíblico
Totalmente Ilustrado

SBN EDITORA

Mapas

| Mapa 1 | Livros da Bíblia | 6 |

O VELHO TESTAMENTO

Mapa 2	Nações do Velho Testamento	8
Mapa 3	O Jardim do Éden	10
Mapa 4	Pátrias dos Descendentes de Noé	14
Mapa 5	As Peregrinações de Abraão	17
Mapa 6	Encontrando uma Esposa para Isaque	19
Mapa 7	Jacó Viaja para Harã	21
Mapa 8	As Doze Tribos de Israel	29
Mapa 9	O Êxodo dos Israelitas	32
Mapa 10	Cidades de Refúgio	39
Mapa 11	Os Reinos de Davi e Salomão	45
Mapa 12	Os Reinos de Israel e Judá	46
Mapa 13	O Império Babilônico	50
Mapa 14	O Império Persa	53
Mapa 15	Alguns Eventos - Chave do Velho Testamento	56

O NOVO TESTAMENTO

Mapa 16	A Vida de Jesus	62
Mapa 17	O Império Romano	64
Mapa 18	Jerusalém cerca de 63 d.C.	72
Mapa 19	A Última Semana de Jesus	74
Mapa 20	As Viagens Missionárias de Paulo	79
Mapa 21	Cidades Visitadas pelo Apóstolo Paulo	81
Mapa 22	Paulo viaja para Roma	83
Mapa 23	A Propagação do Evangelho	86
Mapa 24	As Cartas às Sete Igrejas	88

SUMÁRIO

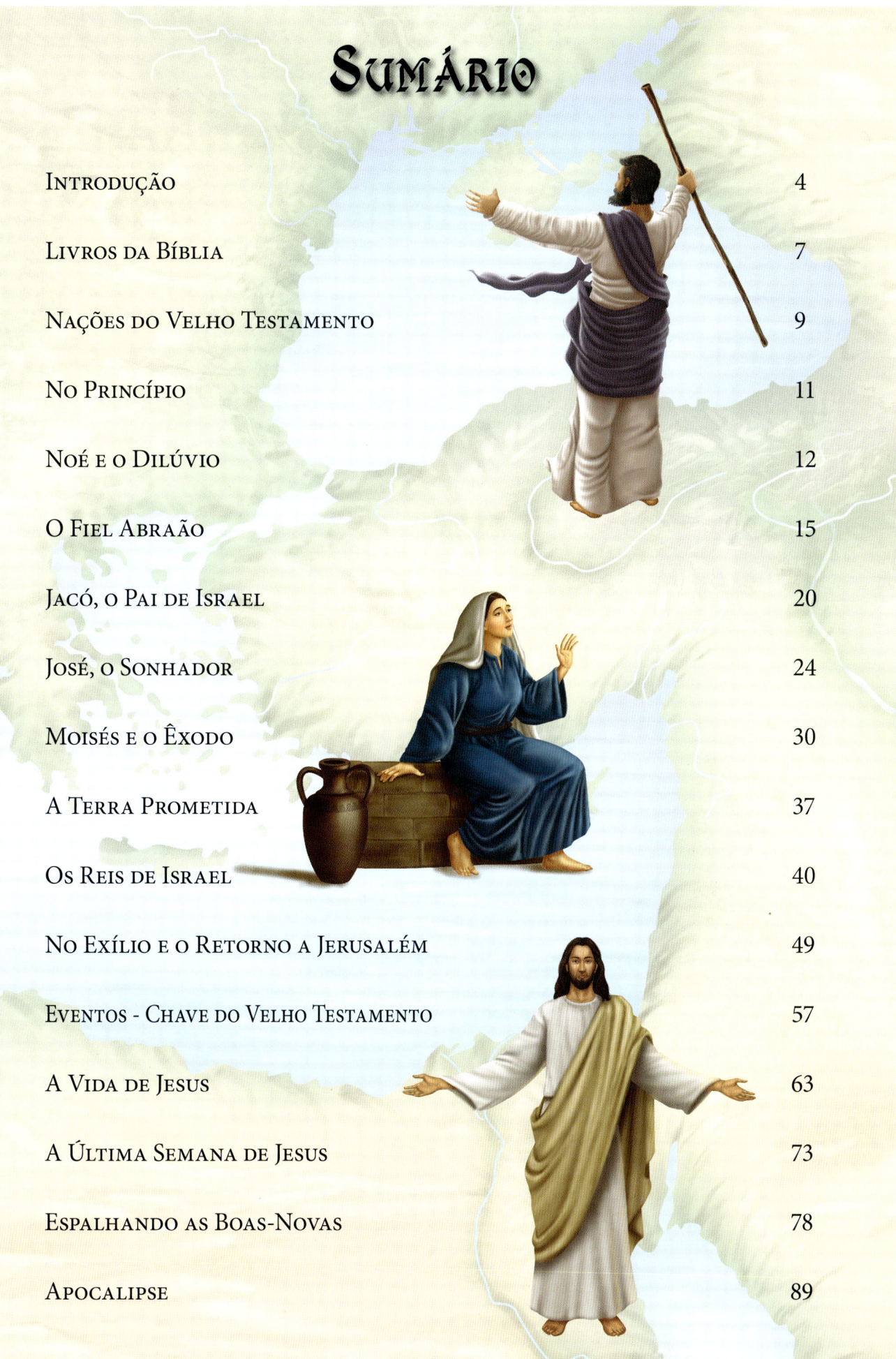

Introdução — 4

Livros da Bíblia — 7

Nações do Velho Testamento — 9

No Princípio — 11

Noé e o Dilúvio — 12

O Fiel Abraão — 15

Jacó, o Pai de Israel — 20

José, o Sonhador — 24

Moisés e o Êxodo — 30

A Terra Prometida — 37

Os Reis de Israel — 40

No Exílio e o Retorno a Jerusalém — 49

Eventos - Chave do Velho Testamento — 57

A Vida de Jesus — 63

A Última Semana de Jesus — 73

Espalhando as Boas-Novas — 78

Apocalipse — 89

Introdução

A Bíblia está repleta de viagens incríveis e de lugares com nomes exóticos. Sem um conhecimento aprofundado do cenário das épocas antigas, pode ser difícil visualizar esses locais e compreender como algumas viagens foram monumentais. Quanto mais você compreender as regiões da Bíblia, mais você entenderá a própria Bíblia.

A Bíblia acompanha a história do povo judaico – seu relacionamento com Deus, mas também seu relacionamento com a terra, por sua história estar vinculada à terra. Os mapas nos ajudam tanto a antever quanto a compreender o impacto das barreiras físicas, como lagos, mares, montanhas, rios e desertos. É claro que o cenário teve um papel importante na história da Bíblia. Importantes rotas de comércio são fonte de conflito e atrito, e terra fértil sempre é motivo de disputa – o que é particularmente significante, porque Canaã, a Terra Prometida, estava no Crescente Fértil (um arco de terra cultivadas pelos rios Tigre e Eufrates). Quando Deus diz a Abraão para partir de sua terra natal fértil e confortável e ir para a terra de Canaã, prometendo que faria dele o pai de uma grande nação, pode ser difícil compreender de imediato por que Canaã é tão importante. Mas os mapas podem nos ajudar a visualizar que ela ficava bem no coração do mundo antigo, no ponto de encontro de três massas terrestres enormes – Ásia, África e Europa. Com o Mar Mediterrâneo a oeste, e toda a prosperidade e oportunidade que isso oferecia, e o inóspito deserto a leste, Canaã era uma rota comercial importante ligando o Egito e as cidades-estado da Mesopotâmia, e de imenso valor estratégico. Quando se observa a posição de Canaã num mapa, tudo fica bastante claro.

Além disso, é maravilhoso visualizar a localização atual de lugares de que tanto ouvimos falar. Jesus nasceu em Belém, foi criado em Nazaré e batizado no rio Jordão. Ele pregou perto do Mar da Galileia e foi crucificado em Jerusalém. A Bíblia se torna mais real ao se olhar para esses lugares num mapa.

Somos capazes de conceber a extensão e a distância das viagens descritas na Bíblia muito melhor quando olhamos para a representação física delas. Adão e Eva migram para leste logo após sua expulsão do Jardim do Éden, o qual se considera que, provavelmente, situava-se na Mesopotâmia. Abraão deixa seu lar em Ur, numa extremidade do Crescente Fértil na Mesopotâmia, para viajar para Canaã, na outra extremidade. Seu bisneto José é vendido como escravo e levado de Canaã ao Egito, onde se torna a maior autoridade logo abaixo do próprio faraó, unindo-se mais tarde ao seu pai Jacó e ao restante de seu povo. O povo hebreu passou muitos anos na escravidão do Egito antes de ser libertado por Moisés, que os conduz numa lenta e árdua jornada através do deserto (o inóspito e implacável deserto do Sinai) de volta à Terra Prometida de Canaã, embora o próprio Moisés apenas veja a terra das encostas do Monte Nebo.

O relacionamento entre o povo judaico e sua terra natal em Canaã é de importância central para a Bíblia. Quando eles se estabeleceram originalmente na área, foram aos poucos conquistando cidades e territórios, dividindo a terra entre eles. Sob o governo do rei Saul, as 12 tribos de Israel foram unificadas em uma nação. O rei Davi transformou Jerusalém na capital dessa nação e, durante o reinado de seu filho, o rei Salomão, o primeiro templo foi construído na cidade.

Toda a estabilidade é efêmera e logo a nação fica dividida em Israel, ao norte, e Judá, ao sul. Ela também sofre ameaça de uma variedade de nações adversárias: os assírios, os filisteus e, por fim, os poderosos babilônios. Tanto Judá quanto a cidade de Jerusalém caíram perante a Babilônia e muitos dos israelitas se veem no exílio. Com o passar do tempo, com a conquista pérsia da Babilônia, permitiu-se que os judeus retornassem à sua terra natal e começassem o lento processo de reconstrução de sua cidade e do templo.

Quando começamos o Novo Testamento, o Império Romano domina a terra. Por causa do recenseamento ordenado pelo imperador romano, Maria viaja com José até Belém para se registrar e lá ela dá à luz Jesus. Maria e José mais adiante fogem com Jesus para o Egito, porém depois retornam a Nazaré, sua cidade natal, onde Jesus cresce. Após a crucificação e a ressureição, acompanhamos as viagens de alguns dos discípulos de Jesus, em especial as do apóstolo Paulo, que viaja por muito longe, para terras incluindo a Grécia e a Ásia Menor, para pregar as boas-novas. Aprisionado em Roma já ao fim da vida, Paulo ainda continua a enviar cartas de instrução, correção e esperança às igrejas inexperientes na Ásia. A Bíblia termina com o livro de Apocalipse, escrito na ilha grega de Patmos, onde o autor, João, tem uma visão incrível do fim dos dias.

A Bíblia compreende uma variedade de locais tanto familiares quanto desconhecidos para nós, que proporcionam mais do que apenas um pano de fundo aos eventos descritos – o cenário desempenha um papel vital na história da Bíblia. Claramente, ele é crucial para nós compreendermos o mundo em que viveram figuras imensamente importantes como Jesus, Abraão, Jacó e Paulo.

João na ilha de Patmos. Em sua visão, foi mostrado a ele o fim dos dias e, então, um novo céu, uma nova terra e a Cidade Santa, brilhando com a glória de Deus.

Livros da Bíblia

Podemos estar acostumados a pensar na Bíblia como um único e grande volume, mas ela é, na verdade, uma coleção de 66 livros individuais – 39 do Velho Testamento e 27 do Novo Testamento. Alguns desses livros são curtos; outros são mais extensos. Existem muitos autores diferentes e vários estilos diferentes também – desde a poesia do livro de Salmos aos mais prosaicos sermões de Deuteronômio ou as narrativas de Reis. Há listas de ditados sábios, cartas pessoais e inventários abrangentes de pessoas ou itens. Alguns foram escritos na época do Império Romano, enquanto outros foram iniciados quase 3500 anos atrás!

OS LIVROS DO VELHO TESTAMENTO

Os cristãos tradicionalmente dividem os livros do Velho Testamento em quatro arranjos:

- **A Lei** (Gênesis até Deuteronômio)
- **História** (Josué até Ester)
- **Sabedoria** (Jó até Cantares de Salomão)
- **Profetas** (Isaías até Malaquias)

OS LIVROS DO NOVO TESTAMENTO

O Novo Testamento pode ser dividido em cinco seções:

- **Evangelhos** (Mateus até João)
- **História** (o livro de Atos)
- **Epístolas de Paulo** (Romanos até Filemom)
- **Epístolas Gerais** (Hebreus até Judas)
- **Profecia** (o livro de Apocalipse)

TRADUZINDO A PALAVRA DE DEUS

A mais antiga tradução do Velho Testamento foi de manuscritos hebreus para o grego por um grupo de monges judeus no século III a.C. No século IV d.C., a Bíblia inteira foi traduzida para o latim por Jerônimo, o mais proeminente estudioso bíblico da época. Essa versão definitiva ficou conhecida como Vulgata.

As primeiras versões inglesas foram traduzidas por John Wycliffe no final do século XIV, e mais tarde por William Tyndale, queimado na fogueira por seus esforços em 1536! Contudo, a obra de Tyndale foi significativa na criação da Bíblia King James definitiva (também conhecida como Versão Autorizada), que visava pegar o melhor de todas as traduções iniciais.

Durante o século XIX, a Bíblia, ou partes dela, foi publicada em cerca de 400 novos idiomas, um número que duplicou no século XX.

De acordo com a Wycliffe Global Alliance, em setembro de 2016 a Bíblia inteira tinha sido traduzida em 636 idiomas, o Novo Testamento em 1442 idiomas e histórias da Bíblia em outros 1145 idiomas, difundindo o evangelho para cada canto do mundo!

Muitas das palavras de sabedoria registradas no livro de Provérbios são atribuídas ao rei Salomão.

Nações do Velho Testamento

ISRAEL
Mapa 2 — D4

Israel como uma nação não existia tal qual a conhecemos durante o Velho Testamento. Ela era formada por 12 tribos, descendentes dos filhos de Jacó. Essas tribos, conhecidas como a Monarquia Unida quando eram governadas por Saul, Davi e Salomão, mais tarde se dividiram em dois grupos principais, o reino de Judá no sul (incluindo a cidade de Jerusalém), formado pelos descendentes de Judá e Benjamim; e o reino de Israel, no norte. Embora haja a tendência de usar "israelitas," "hebreus," e "judeus" indistintamente, os judeus na verdade descendem do reino de Judá no sul. Após a conquista de Israel pelos assírios, as tribos do norte foram dispersadas.

Judá também caiu para as forças invasoras, o que resultou no exílio do povo judaico.

BABILÔNIA
Mapa 2 — F4-G4

A Babilônia é descrita como uma cidade maravilhosa, com jardins e canais extravagantes, e muralhas impressionantes. Em inúmeras ocasiões, os babilônios (muitas vezes mencionados como caldeus) tomaram como cativos uma quantidade de judeus, ocasionando o período na história judaica conhecido como exílio babilônico. Talvez seu mais notável rei tenha sido Nabucodonosor, que tinha Daniel como um de seus confiáveis conselheiros, e que lutou contra Tiro e Egito, e conquistou a cidade de Jerusalém. Em 539 a.C., a Babilônia caiu para o rei persa Ciro II, que libertou os judeus exilados, permitindo-lhes retornar a Jerusalém. A cidade foi mais tarde destruída por Xerxes I, da Pérsia.

FILÍSTIA
Mapa 2 — D3

A Filístia, uma nação formada por cinco cidades principais (Gaza, Asdode, Ascalom, Gate e Ecrom) foi a nação dos filisteus, que são amplamente mostrados na Bíblia como inimigos de Israel. Golias, o guerreiro gigante que foi morto por Davi, era da cidade de Gate. Sua derrota conduz à vitória de Saul e os israelitas sobre os filisteus no livro de I Samuel.

SÍRIA
Mapa 2 — D3-E3

A Síria, também conhecida como Arã, era uma nação que estava, por grandes períodos, sob o controle da Assíria. Sua capital, Damasco, também foi capturada por Davi (de Israel), embora ela tenha reconquistado sua independência logo depois. A destruição da cidade foi predita por Isaías e, de fato, ela caiu para os assírios em 732 a.C., marcando o fim desse período da Síria Aramaica.

MÉDIA
Mapa 2 — G3

A Média, a nação dos medos, era uma das principais forças na sua região. Ela foi primeiro controlada pela Assíria, depois pela Babilônia e, por fim, trazida ao Império Persa por Ciro, o Grande, embora o povo mais tarde tenha se rebelado contra Dario I e II.

EGITO
Mapa 2 — C4

O Egito já tinha mil anos quando Abraão visitou a nação, e as pirâmides já estavam de pé havia centenas de anos. O povo adorava muitos deuses diferentes, como Osíris, o comandante da morte, e Amon, o rei dos deuses.

O governante do Egito, conhecido como faraó, era às vezes considerado um deus. José, bisneto de Abraão, foi levado ao Egito como escravo, mas se ergueu com grande notoriedade. Sua família foi bem recebida no Egito, mas conforme se multiplicavam, foram escravizados — até Moisés libertá-los.

ASSÍRIA
Mapa 2 — F2

A Assíria, localizada no nordeste de Israel, foi uma nação guerreira e uma das principais forças da antiguidade, conquistando países e forçando-os a se sujeitar a si e às suas divindades (aquelas da religião da antiga Mesopotâmia, com um foco no seu deus nacional Assur). Em certos períodos, os assírios estavam no controle tanto de Israel quanto de Judá e estavam em guerra com os babilônios. Jonas foi enviado a Nínive, a capital da Assíria, para adverti-los sobre uma iminente invasão babilônica, levando os assírios ao jejum e ao arrependimento. Consequentemente, Deus poupou a vida deles. Por fim, contudo, o Império Assírio caiu para a Babilônia, logo após a conquista de Nínive em 612 a.C.

PÉRSIA
Mapa 2 — H4

Uma das grandes nações da antiguidade, o povo persa originalmente migrou da Ásia central para a região leste do Golfo Pérsico. Quando o rei Ciro II, amplamente conhecido como Ciro, o Grande, destruiu a Média e conquistou a Babilônia, isso marcou o início do Império Aquemênida Persa, que no seu auge se espalhou sobre três continentes e 25 nações. A Pérsia foi por vezes solidária em relação aos judeus – o rei Dario I permitiu a conclusão da reconstrução do templo de Jerusalém e dos muros da cidade, e o rei Xerxes I salvou muitos judeus exilados da perseguição. O império foi eventualmente derrotado por Alexandre, o Grande, em 331 a.C.

EDOM
Mapa 2 — D4

Os edomitas, descendentes de Esaú, habitavam a região ao sul do Mar Morto. Ao longo de sua história, a nação esteve em conflito com Israel. Os edomitas se recusavam a permitir que os israelitas passassem pela sua terra durante seu êxodo e eles participaram da pilhagem de Jerusalém quando a cidade caiu para Nabucodonosor.

MIDIÃ
Mapa 2 — D4

Os midianitas eram os descendentes de Midiã (um filho de Abraão) que se estabeleceram nos desertos de Moabe e Edom. Inimigos de Israel, eles resistiram aos israelitas enquanto viajavam para Canaã.

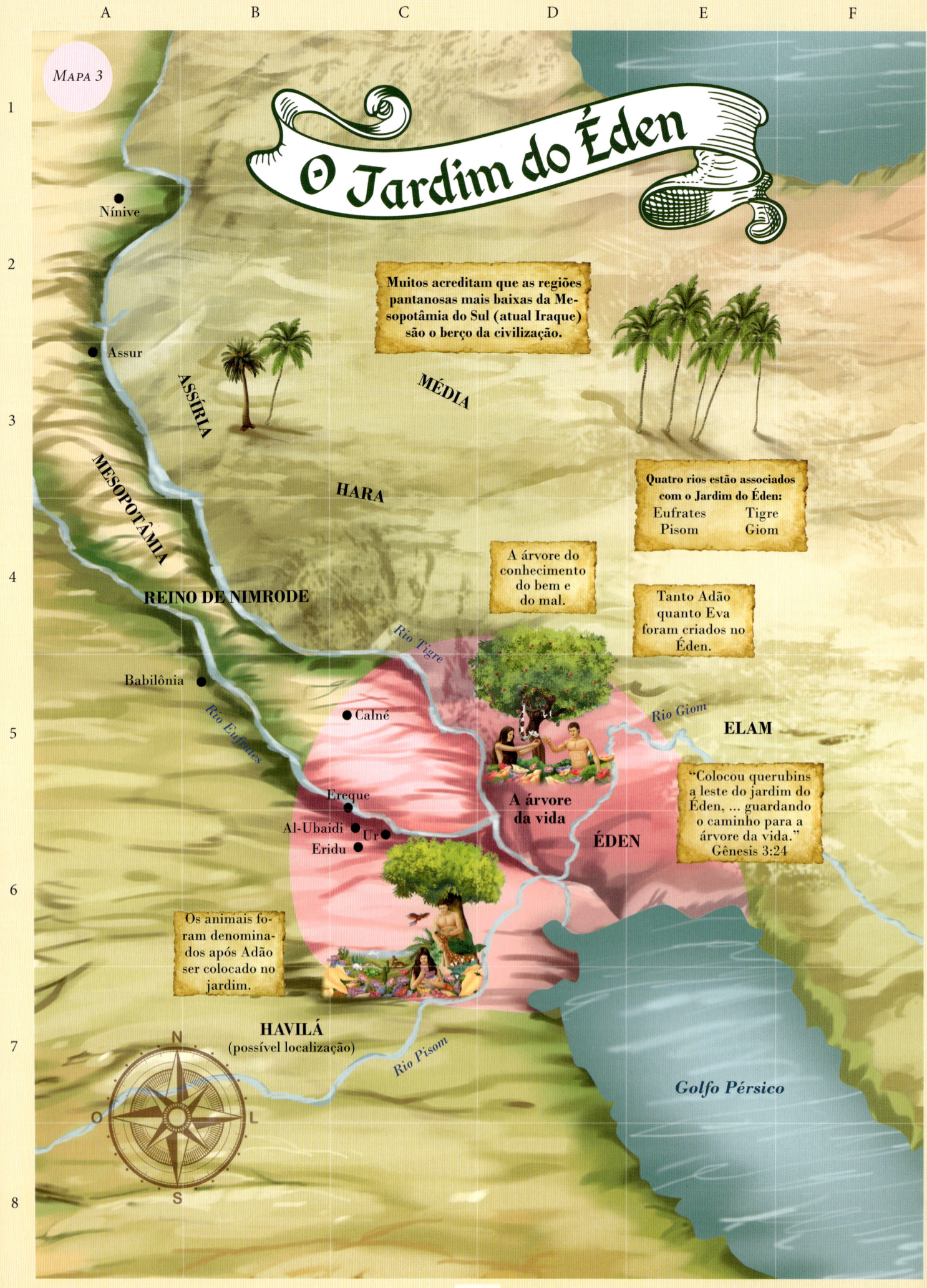

No Princípio

No princípio, não havia absolutamente nada. Então Deus criou o céu e a terra e iluminou o mundo com luz, fazendo o dia e a noite. Ele separou a água da terra e iluminando o céu com o Sol, a Lua e as estrelas. Em seguida criou os animais, enchendo os mares com peixes e a terra com todo tipo de criaturas maravilhosas.

Por último, Deus criou o homem e [Eva] e lhes disse para cuidar de todas as suas criações incríveis. Ele estava contente com o que havia criado e fez do sétimo dia um dia de descanso.

Gênesis 1-2

Mapa 3

O JARDIM DO ÉDEN

Deus criou o Jardim do Éden como um lar para Adão, o primeiro homem – um paraíso repleto de flores, árvores e animais maravilhosos. Ele criou Eva para ser uma companheira para Adão e lhes disse que podiam comer de qualquer planta do jardim, exceto de uma: a árvore do conhecimento do bem e do mal.

Mas um dia a ardilosa serpente tentou Eva a dar uma mordida no fruto da árvore. Eva convenceu Adão a experimentar um pouco também e ambos comeram dela. Imediatamente, foi como se seus olhos se abrissem, e eles se cobriram com folhas de figueira.

Deus sabia exatamente o que tinha acontecido. Para impedi-los de comer da árvore da vida, ele os baniu do Jardim do Éden, expulsando-os para o vasto mundo e colocando um anjo para vigiar a entrada.

Gênesis 2-3

CAIM E ABEL

O tempo passou e Adão e Eva tiveram dois filhos: Caim e Abel.

Um dia, cada um deles levou oferendas para Deus. Abel o agradou com o melhor e mais gordo de seus cordeiros. Com relação a Caim, Deus não se agradou tanto da oferenda dos cultivos dele.

Caim ficou com muita inveja de seu irmão e furioso com ele e com Deus! Com maldade em seu coração, ele levou Abel para os campos afora e o matou.

É claro, Deus sabia o que havia acontecido e ficou muito zangado.

Ele puniu Caim e o mandou embora, para vagar de lugar em lugar, sem ter um lar.

Gênesis 4

Noé e o Dilúvio

HISTÓRIAS SOBRE O DILÚVIO

A história de um grande dilúvio enviado para destruir a civilização aparece em muitas culturas diferentes ao redor do mundo. É encontrada no mito grego de Deucalião, nos textos hindus da Índia, na história do gigante nórdico do gelo Bergelmir e em muitas outras, chegando até a América e à Austrália!

NOÉ CONSTRÓI A ARCA

Muitos anos se passaram e logo o mundo estava repleto de pessoas. Mas elas tinham se tornado cada vez mais perversas e isso estava deixando Deus muito triste. Por fim, ele decidiu enviar um dilúvio para limpar o mundo de seus pecados.

Porém, ainda havia um homem bom na Terra, cujo nome era Noé. Deus disse a Noé para construir um barco enorme, para que ele e sua família pudessem ser salvos junto com as criaturas que Deus havia criado. Embora todos os demais caçoassem de Noé por construir um barco no meio da terra, ele confiou em Deus e construiu a arca.

Gênesis 6

Mapa 4

LONGEVIDADE

Noé era neto de Matusalém, a pessoa mais idosa que consta na Bíblia, que morreu com 969 anos, no ano do dilúvio. O próprio Noé já tinha 500 anos quando se tornou pai e ele morreu com 950 anos!

As pessoas viviam mais quanto mais fossem próximas em descendência de Adão e Eva, que tinham sido criados para viver para sempre antes de desobedecerem e serem punidos, tornando-se sujeitos à morte. Os patriarcas (exceto Enoque), que viveram antes do dilúvio, perduraram em média 912 anos.

A CONSTRUÇÃO DA ARCA

Deus disse a Noé exatamente como construir a arca:

– Você, porém, fará uma arca de madeira de cipreste; divida-a em compartimentos e revista-a de piche por dentro e por fora. Faça-a com 135 metros de comprimento, 22,5 metros de largura e 13,5 metros de altura. Faça-lhe um teto com um vão de 45 centímetros entre o teto e corpo da arca. Coloque uma porta lateral na arca e faça um andar superior, um médio e um inferior.

DOIS EM DOIS

Quando a arca estava concluída, Noé carregou-a com alimentos para sua família e para os animais. E então Deus enviou os animais para a arca, dois a dois, um macho e uma fêmea de cada espécie de animal e ave que vivia sobre a terra e voava nos céus.

Gênesis 7

O DILÚVIO

Assim que todos eles estavam seguros lá dentro, começou a chover. Choveu por 40 dias e 40 noites, até que a terra estivesse completamente coberta de água. Tudo e todos que não estavam na arca foram levados embora pelo dilúvio.

Por fim, a chuva cessou e, finalmente, após 150 dias, Noé enviou uma pomba para ver se eles podiam desembarcar. A pomba retornou com uma folha de oliveira no bico, mostrando que as árvores estavam crescendo novamente e que eles podiam todos retornar à terra e começar outra vez.

Gênesis 7-9

A ALIANÇA DE DEUS COM NOÉ

Noé ficou cheio de gratidão por ter sobrevivido e fez um sacrifício a Deus. Então Deus abençoou Noé e sua família dizendo:

– Sejam frutíferos e multipliquem-se.

Ele estabeleceu algumas regras para ajudar os homens a não se tornarem perversos e fez uma promessa de que nunca mais enviaria um dilúvio terrível assim. Ele colocou um belo arco-íris no céu, para que se lembrasse de sua promessa.

Gênesis 7-9

O Monte Ararate, no leste da Turquia, é tradicionalmente considerado o lugar em que a arca de Noé repousou. Até recentemente, em 2010, exploradores cristãos alegam ter encontrado madeira da arca enterrada ali debaixo da neve e dos fragmentos vulcânicos.

Mapa 4
F1

O Fiel Abraão

DEUS CONVOCA ABRAÃO

Abraão era um homem bom que confiava em Deus. Deus pediu a Abraão para sair de sua terra natal em Ur, partir de seu país e ir com sua família para outra terra. Ele prometeu abençoá-lo e torná-lo o pai de uma grande nação.

Abraão tinha um bom lar com grandes rebanhos de ovelhas e gado, mas quando Deus lhe disse para partir, ele o fez. Ele pegou sua esposa Sara, seu sobrinho Ló e seus servos e pôs-se a caminho de Canaã.

Durante o percurso, Deus apareceu para Abraão e disse:

– Eu darei esta terra à sua descendência.

Sara e Abraão não tinham sido capazes de ter filhos, mas Abraão ficou exultante com a notícia, então construiu um altar para Deus e o louvou.

Mais tarde, Abraão levou sua família ao Egito, pois havia uma terrível fome. Até o período em que deixou o Egito para retornar à Canaã, ele tinha se tornado muito rico e possuía vários animais.

Gênesis 12-13

Mapa 5 G4, A4-5, C4

LÓ PARTE

Abraão e seu sobrinho Ló tinham rebanhos de gado, ovelhas e jumentos – tantos que não havia pastagem o bastante para todos eles e seus pastores começaram a brigar. Abraão decidiu que eles teriam que se separar. Ele deu a Ló a primeira escolha de onde ir. Ló optou por deixar Canaã e partiu para o leste, em direção ao verde e fértil Vale do Jordão. Abraão ficou em Canaã.

Depois que Ló havia partido, Deus convocou Abraão.

– Levante agora os seus olhos e olhe desde o lugar onde você está, para o lado do norte, e do sul, e do oriente, e do ocidente; porque toda esta terra que você vê, hei de dar a você e à sua descendência, para sempre. E farei a sua descendência como o pó da terra; de maneira que se alguém puder contar o pó da terra, também a sua descendência será contada.

Gênesis 13-14

Mapa 5 C4, E5

A PROMESSA DE DEUS

Abraão e sua esposa eram muito idosos e não tinham tido um filho, mas Abraão não estava preocupado; ele confiava em Deus. Deus lhe disse que ele seria pai e que teria muitos descendentes para contar – tantos quanto as estrelas no céu! – e que toda aquela terra pertenceria a eles. Então Deus lhe disse para preparar um sacrifício.

Naquela noite, Deus falou com ele novamente, dizendo que seus descendentes seriam escravos numa nação que não seria a deles por 400 anos, mas que, por fim, eles seriam libertados e retornariam à sua terra natal e que aqueles que os haviam escravizados seriam punidos.

Quando o sol se pôs e baixou a escuridão, um fogareiro fumegante com uma tocha de fogo apareceu e passou entre os pedaços do sacrifício como um sinal de Deus para Abraão.

Gênesis 15-17

O CRESCENTE FÉRTIL

O Crescente Fértil (também conhecido como o Berço da Civilização) é onde algumas das civilizações humanas mais primitivas começaram. Essa região estava centralizada em torno dos rios Tigre e Eufrates e continha terra úmida e fértil numa parte do mundo em que a terra, em quase sua totalidade, era árida e semiárida.

A região viu o desenvolvimento de algumas das civilizações humanas mais primitivas, que floresceram graças aos suprimentos de água e recursos agrícolas disponíveis no Crescente Fértil. Ele é considerado como o berço da agricultura, da urbanização, da escrita, do comércio, da ciência, da história e da religião organizada.

A CIDADE DE UR

Ur foi uma cidade portuária rica na região de Sumer, sul da Mesopotâmia, em que atualmente é o Iraque. A cidade se desenvolveu durante o reinado dos reis sumérios e foi uma cidade de destaque por centenas de anos quando Abraão nasceu.

De acordo com a Bíblia, Abraão era da cidade de Ur. Entretanto, estudiosos têm contestado se o lar de Abraão era em Ur em Sumer ou mais adiante, ao norte da Mesopotâmia, num lugar chamado Ura, perto da cidade de Harã.

Mapa 5 G4, D1

ABRAÃO ACOLHE ANJOS

Abraão viu três estranhos de passagem. Ele se apressou para ir ao encontro deles, levando o melhor de sua carne, um pão que Sara havia assado para os homens comerem e leite para eles beberem.

Então um dos homens perguntou a Abraão onde estava a sua esposa. Quando Abraão respondeu que ela estava dentro da tenda, o homem, que era na verdade Deus, disse-lhe que dentro de um ano Sara daria à luz um filho. Sara estava escutando na tenda e não conseguiu evitar de rir alto – ela já era idosa demais para ter filhos! Deus perguntou:

– Por que Sara está rindo? Nada é difícil demais para o Senhor.

E, de fato, nove meses mais tarde, ela deu à luz um menino chamado Isaque.

Gênesis 18

O nome Isaque vem do termo hebreu Yishaq, que significa "Ele ri" ou "Ele rirá", porque Sara riu.

No decorrer de sua jornada de Ur para Canaã e então mais tarde para o Egito, Abraão teria viajado mais de 1000 milhas (1609 quilômetros).

NASCE ISAQUE

Quando Sara estava com 90 anos, deu à luz um menino, Isaque, assim como Deus tinha prometido. Abraão e Sara ficaram extasiados, mas Sara acreditava que sua serva Agar estava zombando dela. Sara ficou tão zangada com ela, que fez Abraão mandá-la embora junto com seu filho, Ismael, que também era filho de Abraão.

Abraão ficou triste, mas Deus lhe disse que as coisas iriam bem para Ismael, então ele deu um pouco de comida e água para Agar e a enviou com Ismael para o deserto.

Logo toda a água se fora e eles começaram a chorar de desespero. Mas um anjo falou para Agar:

– Não tenha medo. Deus ouviu o menino chorando. Levante-o e pegue-o pela mão, pois ele será o pai de uma grande nação.

Então Deus abriu os olhos dela e ela viu um poço de água!

Deus estava com o menino enquanto ele crescia. Ismael viveu no deserto e se tornou um arqueiro.

Gênesis 21

ABRAÃO É TESTADO

Isaque cresceu e se tornou um bom rapaz, e seu pai e sua mãe estavam muito orgulhosos dele e agradecidos a Deus. Porém, um dia, Deus decidiu testar a fé de Abraão. Ele disse a Abraão que ele teria que oferecer o menino como um sacrifício!

Abraão ficou inconsolável, mas sua fé em Deus era absoluta. Assim, ele preparou tudo como lhe fora ordenado. Ele viajou até o Monte Moriá e se preparou para o sacrifício. Todavia, quando levantou sua faca, de repente um anjo falou para ele:

– Abraão, Abraão! Não machuque o menino! Eu sei agora que você ama o Senhor seu Deus de todo o coração, pois você estava disposto a abdicar do seu próprio filho.

Deus enviou um carneiro para ser sacrificado no lugar do menino, e o anjo disse a Abraão que Deus verdadeiramente abençoaria tanto ele quanto seus descendentes, por causa de sua fé.

Gênesis 22

Mapa 6 A6

Mapa 6 A5

UMA ESPOSA PARA ISAQUE

Quando Isaque já era adulto, Abraão pediu a seu servo mais confiável para retornar à sua terra natal e encontrar uma esposa para seu filho. Quando o servo chegou à cidade natal de seu patrão, ele orou a Deus para lhe dar um sinal:

– Que a escolhida seja quem vier oferecer água não apenas para mim, mas também para meus camelos.

Antes mesmo de ter terminado a oração, a bela Rebeca veio para tirar água do poço. Logo que o servo pediu se ele poderia beber um pouco, ela lhe ofereceu seu pote e então se apressou para tirar água para seus camelos também. O servo agradeceu a Deus por ouvir as suas orações. Ele explicou sua missão para Rebeca e, quando o pai dela foi consultado, concordou-se que ela se tornaria a esposa de Isaque. Quando ela viajou de volta para Canaã para conhecer seu novo marido, Isaque se apaixonou por ela instantaneamente e ela por ele!

Gênesis 24

Mapa 6 C1

Jacó, o Pai de Israel

A TIGELA DE GUISADO

Rebeca já era idosa quando ficou grávida e, quando o fez, era de gêmeos. Eles chutavam e empurravam tanto dentro dela, que ela ficou preocupada, mas Deus lhe disse que os dois meninos seriam os pais de duas nações um dia. O primogênito foi um menino cabeludo, a quem eles chamaram de Esaú, e seu irmão foi chamado de Jacó. Quando eles cresceram, Esaú se tornou um grande caçador, enquanto Jacó era mais quieto e passava mais tempo em casa. Isaque amava Esaú, mas Rebeca gostava especialmente de Jacó.

Certa vez, Jacó estava preparando um guisado quando seu irmão chegou, esfomeado após um longo dia. Quando ele pediu um pouco de guisado, Jacó disse que ele só o teria em troca de seu direito de primogenitura por ser o filho mais velho. Esaú estava tão faminto e impaciente que concordou!

Gênesis 25

HARÃ

A cidade de Harã, para a qual Jacó viajou, está localizada em Padã-Arã, numa área geralmente identificada como a região da Mesopotâmia Superior. Mesopotâmia é a palavra grega para a hebreia "*Aram Naharaim*", que significa "Harã de dois rios" (Eufrates e Tigre).

Está situada na planície fértil de Harã, que é regada pelo rio Balikh, um afluente importante do rio Eufrates. As muralhas de Harã tinham quatro quilômetros de comprimento e ela tinha seis portões diferentes. Atualmente, apenas as ruínas da cidade permanecem de pé.

Mapa 7
E1

DISFARCE

Anos mais tarde, Jacó também roubou de Esaú a bênção de seu pai. Quando Isaque estava bem idoso e quase cego, ele quis dar sua bênção ao filho mais velho. Ele pediu a Esaú para sair, matar um animal e prepará-lo para ele comer e então ele lhe daria a sua bênção.

Mas Rebeca entreouviu a conversa deles e estava determinada a fazer Jacó, seu filho favorito, receber a bênção. Ela disse a Jacó para pegar duas cabras jovens, que ela havia preparado para Isaque. Então, com a ajuda de sua mãe, Jacó se disfarçou de Esaú. Ele usou peles de cabra ao redor dos braços para que ficasse peludo como seu irmão, e em seguida ele levou o alimento.

Jacó não tinha a voz de seu irmão, porém, ao toque, parecia ele, e assim Jacó lhe deu sua bênção para ficar encarregado da família quando ele morresse.

Quando Esaú descobriu o que tinha acontecido, ficou tão zangado que quis matar seu irmão caçula! Rebeca sabia que Jacó precisava partir de casa imediatamente, então ela o enviou para a casa de seu tio que vivia em Harã, para mantê-lo seguro.

Gênesis 27

O SONHO DE JACÓ

Jacó partiu em viagem para Harã, para a casa de seu tio Labão. No caminho, parou para passar a noite. Usando uma pedra dura como travesseiro, ele se deitou para dormir. Naquela noite, ele teve um sonho. Ele viu uma escada amparada na terra e cujo topo ia até o céu, e os anjos estavam subindo e descendo nela.

Bem no alto da escada, estava o Senhor e ele disse:

– Eu sou o Senhor, o Deus de seu pai Abraão, e o Deus de Isaque. Eu darei a você e a seus descendentes a terra na qual você está deitado. Os seus descendentes serão como o pó da terra, e você se espalhará para o oeste e para o leste, para o norte e para o sul. Eu estou com você e cuidarei de você, aonde quer que vá; e eu o trarei de volta a esta terra. Não o deixarei enquanto não fizer o que lhe prometi!

Gênesis 28

Mapa 7 E1

ENGANADO NO CASAMENTO

Jacó trabalhava na casa de seu tio Labão e se apaixonou por Raquel, a filha caçula de Labão. Seu tio concordou que, se Jacó trabalhasse para ele por sete anos, poderia então se casar com Raquel. No entanto, quando após sete anos o casamento aconteceu, e Jacó ergueu o véu do rosto de sua esposa, não era Raquel de pé diante dele, mas sua irmã mais velha, Lia! Ele tinha sido enganado!

Labão lhe disse que era costume que a irmã mais velha se casasse primeiro, mas ele disse que, se Jacó prometesse trabalhar para ele por mais sete anos, então poderia se casar com sua amada Raquel. Jacó a amava tanto que concordou.

Raquel era sua esposa favorita, mas Deus teve pena de Lia e a abençoou com quatro filhos fortes, enquanto levou muitos anos para que Raquel tivesse um filho.

Gênesis 29

ENCRUZILHADAS

Embora Jacó sentisse que era hora de retornar para casa, seu tio queria que ele ficasse. Labão concordou em lhe dar, como salário, todos os animais manchados ou salpicados dos rebanhos. Porém, então ele tentou trapacear Jacó: reuniu todos animais marcados e os mandou embora com seus filhos, para que todos os animais novos nascessem sem marcas!

Todavia, Deus disse a Jacó para colocar alguns galhos recém-descascados nos cochos de água dos animais quando os fortes e saudáveis animais viessem para beber. Assim, todos os animais novos que nasceram deles eram malhados ou salpicados. Dessa maneira, todos os animais fortes foram para Jacó e todos os animais fracos foram para Labão.

Jacó sabia que seu tio continuaria a trapaceá-lo, então um dia ele partiu para sua terra natal junto com toda a sua família, seus servos e seus animais. Labão o perseguiu, mas por fim o deixou partir.

Gênesis 30-31

LUTANDO COM DEUS

Jacó estava preocupado ao retornar para sua terra natal com sua família, pois ele não sabia como seu irmão Esaú o receberia. Quando um mensageiro disse que Esaú estava vindo para encontrá-lo com 400 homens, Jacó pensou o pior. Ele enviou alguns de seus servos na frente com presentes para seu irmão, para ajudar a fazer as pazes. Então ele enviou sua família e tudo que possuía para atravessar o rio. O próprio Jacó ficou para trás, sozinho para orar.

De repente, um homem apareceu, e os dois lutaram até o amanhecer do dia. Quando o homem viu que não poderia vencê-lo, tocou na bacia de Jacó para que se deslocasse. Ele bradou para Jacó deixá-lo ir, mas Jacó respondeu:

– Não a menos que você me abençoe!

Então o homem disse:

– Seu nome não será mais Jacó, mas sim Israel, porque você lutou com Deus e com homens e venceu.

Quando Jacó perguntou seu nome, ele não deu uma resposta. Mas ele abençoou Jacó e Jacó compreendeu que havia lutado com o próprio Deus!

Gênesis 32-33

Após Jacó ser testado, Deus muda seu nome para Israel.
O nome "Israel" vem de duas palavras hebreias que significam "lutar" e "Deus" – referindo-se à luta de Jacó com Deus.

Mapa 7
D4

RETORNANDO PARA BETEL

Mapa 7
C4

Deus falou com Jacó e lhe disse para ir a Betel. Então Jacó viajou com sua família e com seus servos para Betel, onde construiu um altar para Deus, para lhe agradecer por sua misericórdia.

Quando eles partiram de Betel, Raquel, que estava grávida pela segunda vez, entrou em trabalho de parto, mas as coisas não saíram como esperado. Antes de dar seu último suspiro, Raquel viu seu amado menino bebê e o chamou de Ben-Oni, que significa, "filho da minha tristeza", embora seu pai o tenha chamado de Benjamim, "filho da minha mão direita". Jacó ficou inconsolável e construiu um pilar sobre a sepultura dela.

Agora Jacó tinha 12 filhos. Os filhos de Lia eram Rúben, Simeão, Levi, Judá, Issacar e Zebulom. José e Benjamim eram os dois filhos de Raquel. Dã e Naftali eram os filhos da serva de Raquel, e Gade e Aser eram os filhos da serva de Lia.

Gênesis 35-36

José, o Sonhador

A Maravilhosa Túnica

Jacó vivia em Canaã. Ele tinha 12 filhos, mas José era seu favorito. Ele havia nascido quando Jacó já era idoso e, é claro, ele foi o primeiro filho de Raquel, a quem Jacó tinha amado mais que todas as suas outras esposas. Para demonstrar a José o quanto ele o amava, Jacó mandou fazer uma túnica maravilhosa para ele, um manto de mangas compridas coberto com bordado colorido.

Quando os irmãos de José viram que seu pai amava José mais do que a eles, não conseguiram evitar o ressentimento.

Gênesis 37

Mapa 7 C4-5

Ao longo da Bíblia, Deus compartilha sua mensagem por meio de sonhos. Ele os envia às pessoas em que confia para interpretá-los, como por exemplo Ezequiel, que teve visões incríveis de criaturas estranhas e um vale de ossos, e Daniel, que sonhou com reinos por vir.

Os Sonhos de José

Os irmãos de José estavam com ciúmes dele, mas o que realmente os aborreceu foi quando ele começou a contar-lhes sobre seus sonhos:

– Na noite passada, eu sonhei que estávamos colhendo feixes de grãos quando, de repente, meu feixe ficou de pé ereto e todos os seus se curvaram diante de mim.

– O que você está dizendo? – murmuraram os irmãos. – Que você vai nos governar um dia?

José teve outro sonho.

– Desta vez, o Sol e a Lua e 11 estrelas estavam se curvando diante de mim – ele disse à sua família.

Até Jacó ficou bastante zangado quando ouviu sobre o mais recente sonho de José.

– Você realmente acredita que a sua mãe e eu e todos os seus irmãos vamos nos curvar diante de você? Não pense que você é o tal!

Mas Jacó ficava pensando consigo o que o sonho poderia significar.

Gênesis 37

Lançado num Poço

Os irmãos de José estavam fartos. Já com a maravilhosa túnica e agora com esses sonhos terríveis, eles sentiam que tinha chegado a hora de se livrar de seu irmão irritante.

Um dia, quando eles estavam fora nos campos e viram José vindo em sua direção, os irmãos comentaram entre si:

– Lá vem o sonhador! Vamos matá-lo agora enquanto temos a oportunidade e jogar o seu corpo num poço!

Contudo, Rúben os persuadiu a não matar José, mas a jogá-lo no poço sem machucá-lo. Ele secretamente tinha intenção de salvá-lo mais tarde.

Os invejosos irmãos investiram contra o jovem José. Eles rasgaram sua preciosa túnica multicolorida e o jogaram num poço profundo. Então se sentaram para comer, surdos para seus prantos de socorro.

Gênesis 37

IRMÃO À VENDA

Enquanto os irmãos estavam comendo, eles viram uma caravana de comerciantes ismaelitas passando a caminho do Egito e, mais que depressa, decidiram vender José aos comerciantes. Então José partiu acorrentado para o Egito com os comerciantes, vendido por 20 peças de prata!

Assim, os irmãos pegaram sua túnica colorida, rasgaram-na em pedaços e a mancharam com sangue de uma cabra. Depois disso, eles se foram para casa com o rosto abatido e mostraram a túnica ao seu pai, dando a entender que José tinha sido morto por um animal selvagem. Jacó ficou inconsolável com a morte de seu filho amado.

Gênesis 37

A ESPOSA DE POTIFAR

José tinha sido vendido para um dos oficiais do faraó, um homem chamado Potifar, mas Deus ainda estava cuidando dele. Ele era esperto e trabalhava duro, e logo Potifar decidiu colocá-lo a cargo de todos os seus bens. Porém, os tempos de paz não duraram, porque a esposa de Potifar acabou gostando de José, que era um jovem forte e bonito. José não tinha nada a ver com as investidas dela, mas, um dia, quando ele se desvencilhou dela, ela mostrou a túnica dele a Potifar e disse que José tinha ido ao seu quarto tentar tirar proveito dela, mas tinha fugido quando ela gritou.

Potifar ficou furioso e atirou o pobre José na prisão!

Gênesis 39

Mapa 7 A/B5-6

O COPEIRO E O PADEIRO

Algum tempo depois, o copeiro do faraó e seu padeiro-chefe irritaram o faraó e foram lançados na prisão. Certa noite, os dois homens tiveram sonhos estranhos e ficaram intrigados. José lhes disse:

– Meu Deus será capaz de ajudar. Contem-me os seus sonhos.

O copeiro falou primeiro.

– Em meu sonho, vi uma vinha com três galhos cobertos de uvas. Eu peguei as uvas e as espremi dentro da taça do faraó.

José lhe disse que dentro de três dias, o faraó o perdoaria e o levaria de volta – e ele pediu ao copeiro que se lembrasse dele.

Agora o padeiro estava ansioso para lhe contar o seu sonho também.

– Na minha cabeça, estavam três cestos de pão – disse ele –, mas as aves estavam comendo todo tipo de pães e doces que o faraó aprecia do cesto do alto da minha cabeça.

José ficou triste.

– Dentro de três dias, o faraó cortará a sua cabeça e as aves comerão a sua carne.

As coisas aconteceram exatamente como José predisse, pois em três dias era o aniversário do faraó, e naquele dia ele perdoou o copeiro e lhe deu seu emprego de volta, mas ele enforcou seu padeiro-chefe e cortou sua cabeça.

Gênesis 40

OS SONHOS DO FARAÓ

Certa noite, o faraó teve um sonho esquisito. Ele estava de pé perto do Nilo quando saíram do rio sete vacas, saudáveis e gordas, e elas pastavam entre os juncos. Depois delas, outras sete vacas, feias e magras, saíram do Nilo e ficaram ao lado delas. Então as vacas magras devoraram as vacas gordas e ainda assim pareciam tão magras e doentias como antes!

O faraó teve outro sonho. Sete espigas de grãos saudáveis estavam crescendo numa única haste. Então mais sete espigas de grão brotaram e estas eram mirradas e ressecadas pelo vento. As espigas de grão mirradas engoliram as sete espigas saudáveis e cheias.

Pela manhã, o faraó ficou preocupado. Ele mandou chamar todos os feiticeiros e homens sábios do Egito, mas ninguém conseguia interpretar os sonhos.

Gênesis 41

O QUE ISSO QUER DIZER?

Foi então que o copeiro se lembrou de José e o escravo foi trazido diante do poderoso faraó, que lhe pediu para explicar seu sonho.

– Eu não posso fazê-lo – respondeu José –, mas Deus será capaz de explicar.

Assim que o faraó contou seu sonho, José respondeu:

– Na verdade, esses dois sonhos são um apenas. As sete vacas e as sete espigas de grão são sete anos. A terra será abençoada com sete anos de plantações saudáveis e colheitas abundantes, mas serão seguidos por sete anos de terrível fome. Você vai precisar planejar cuidadosamente, a fim de se preparar para o que vem à frente.

O faraó falou com seus conselheiros e então com José, dizendo:

– Já que Deus mostrou tudo isso a você, eu o colocarei como encarregado da minha nação. Você só estará abaixo de mim em todo o Egito.

Ele colocou seu próprio anel de sinete no dedo de José, pôs um colar de ouro ao redor de seu pescoço e o vestiu com roupas luxuosas!

Gênesis 41

Mapa 7 A/B5-6

UM LÍDER SÁBIO

José tinha 30 anos quando entrou na equipe do faraó, rei do Egito. Andando numa carruagem elegante, ele viajou pela nação inteira garantindo que se armazenassem alimentos para os tempos de privação que viriam. Exatamente como ele havia previsto, a nação foi abençoada com sete anos de colheitas abundantes e armazenou-se tantos grãos nas cidades, que ele desistiu de contá-los.

Após sete anos, a fome chegou. Quando o povo do Egito começou a ficar sem alimento, o faraó lhes disse para irem até José.

José abriu os depósitos e vendeu o trigo que tinha sido armazenado tão cuidadosamente. Ninguém no Egito ficou com fome. Na verdade, havia tanta comida no Egito que as pessoas de outras nações viajavam para lá para comprar alimentos, pois a fome assolou gravemente o mundo todo.

Gênesis 41

OS IRMÃOS COMPRAM GRÃOS

Em Canaã, a fome tinha atingido a família de José duramente também. Jacó decidiu enviar seus filhos para comprar grãos no Egito. Somente Benjamim ficou para trás, pois Jacó não podia suportar perder seu filho caçula. Quando chegaram ao Egito, os irmãos se inclinaram diante de José. Com seu colar de ouro e roupas luxuosas, eles não o reconheceram, mas José podia ver ser sonhos tornando-se realidade enquanto eles inclinavam a cabeça para baixo e imploravam para comprar alimento.

José queria ver se seus irmãos tinham mudado de verdade. Por isso, ele planejou testar a honestidade e a lealdade deles. Ele os acusou de serem espiões. Os irmãos negaram freneticamente, então ele concordou em deixá-los retornar para Canaã com grãos – mas só se eles retornassem com seu irmão mais novo.

Jacó não queria deixar Benjamim partir, mas por fim ele teve que concordar. Assim, os irmãos retornaram com mais dinheiro para pagar pelos grãos.

Gênesis 42-43

Mapa 7
A4-5

TRAIÇÃO

José ficou tão comovido quando viu Benjamim que ele teve de esconder seu rosto. Ele pediu que seus servos alimentassem os irmãos e então os fez seguir caminho com mais grãos, mas antes mandou esconder uma taça de prata no saco de Benjamim. Os irmãos estavam viajando para casa quando guardas os detiveram e os arrastaram de volta ao palácio.

– Ladrões! – berrou José. – Tratei vocês com bondade e vocês me pagam de volta roubando?

– Deve haver algum engano! – gritaram os irmãos.

Mas, quando os guardas verificaram, havia mesmo uma taça de prata no saco de Benjamim.

Horrorizados, os irmãos caíram de joelhos.

– Meu Senhor – eles gritaram –, leve qualquer um de nós, mas não leve Benjamim, pois o coração de nosso pai não suportaria!

Gênesis 44

O IRMÃO HÁ MUITO TEMPO PERDIDO

Com isso, José percebeu que seus irmãos realmente tinham mudado. Eles se importavam tanto com seu irmão caçula e com o quanto seu pai ficaria aborrecido que qualquer um deles se entregaria para salvar Benjamim. Derramando lágrimas de alegria, José foi abraçá-los e, para alegria e espanto deles, contou-lhes quem realmente era. Ele lhes disse para não se sentirem mal a respeito do que tinha acontecido, pois tudo tinha sido parte do plano de Deus.

– Eu fui enviado para governar no Egito para que vocês não morressem de fome em Canaã! – disse ele.

A princípio, eles mal podiam acreditar que aquele grandioso e importante homem era, de fato, seu irmão há muito tempo perdido. Contudo, quando perceberam, eles ficaram cheios de alegria, pois havia muitos anos que tinham se arrependido do que haviam feito.

Gênesis 45

MUDANDO-SE PARA O EGITO

Agora estava na hora de contar a Jacó as boas notícias. Quando os irmãos retornaram dizendo que seu amado filho José não apenas estava vivo e bem, mas era governador de todo o Egito, Jacó mal podia acreditar no que ouvia! Entretanto, quando ele viu todos os presentes luxuosos que José lhe havia enviado, ele teve que acreditar no que via!

Jacó reuniu todos os seus pertences, seu gado e seus rebanhos, e viajou para o Egito com sua família. Deus o tranquilizou, dizendo-lhe que ele os guiaria para fora do Egito mais uma vez quando o momento fosse oportuno.

José veio encontrar seu pai numa carruagem incrível e o conduziu de volta ao Egito, onde ele e sua família foram bem tratados e agraciados com terras perto da fronteira de Canaã, para tomarem conta de seus animais.

Gênesis 46-47

Mapa 7
A/B5-6

A MORTE DE JACÓ

Acontece que Jacó estava ficando idoso. Antes de falecer, ele reuniu todos os seus filhos para dar a cada um deles uma bênção especial, pois eles formariam as 12 tribos de Israel. Ele nomeou José "um príncipe entre seus irmãos".

Ele fez José prometer enterrá-lo em Canaã, no lugar em que ele havia enterrado sua esposa Lia, e onde Isaque e Rebeca foram enterrados antes dela, e Abraão e Sara antes deles. Quando Jacó deu seu último suspiro, com a permissão do Faraó, todos da família de Jacó, com exceção das crianças e daqueles que cuidavam dos animais, partiram para Canaã, onde enterraram seu pai Jacó, também conhecido como Israel.

Gênesis 48-50

Mapa 7
C4-5

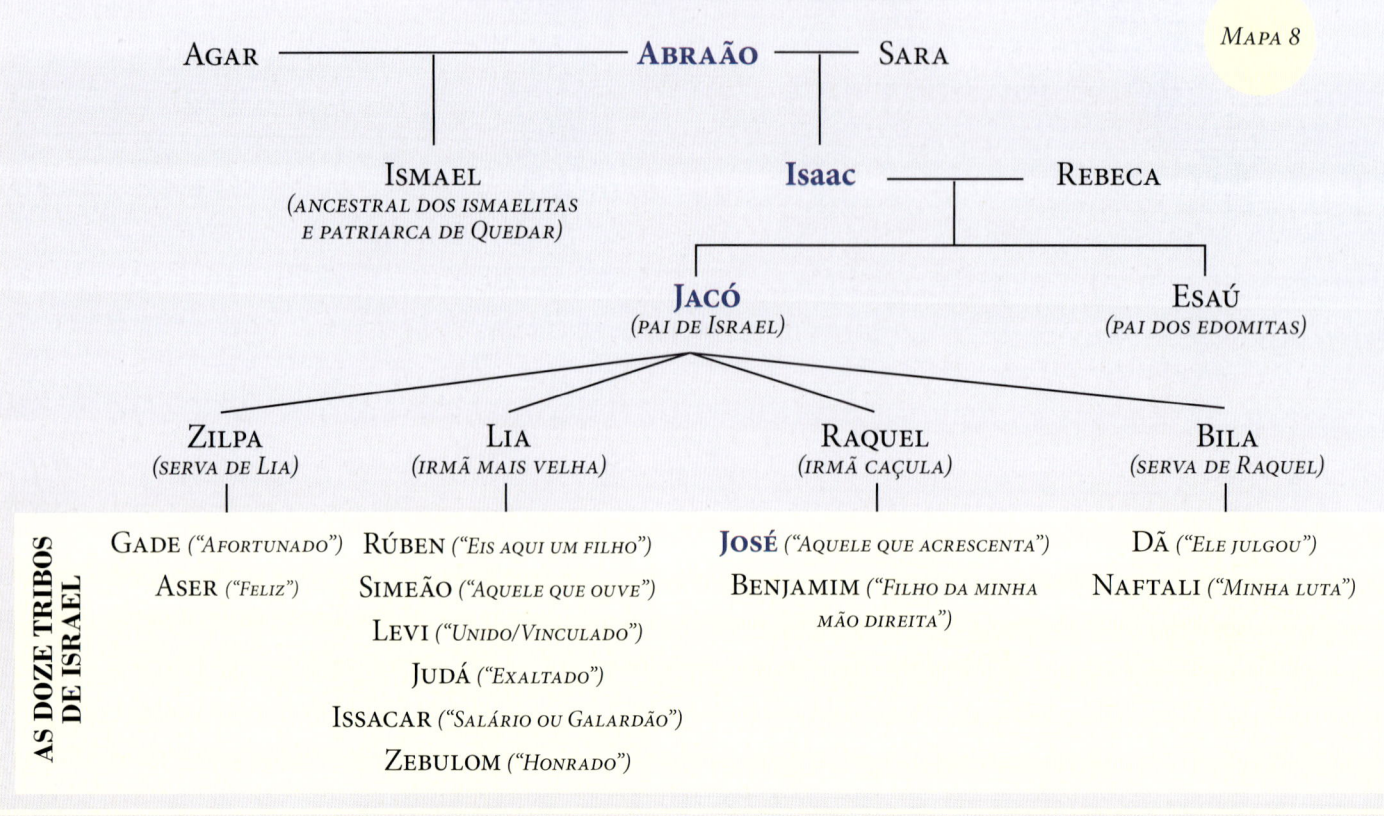

PATRIARCAS DE ISRAEL

Mapa 8

- Agar — Abraão — Sara
  - Ismael (ancestral dos ismaelitas e patriarca de Quedar)
  - Isaac — Rebeca
    - Jacó (pai de Israel)
      - Zilpa (serva de Lia)
      - Lia (irmã mais velha)
      - Raquel (irmã caçula)
      - Bila (serva de Raquel)
    - Esaú (pai dos edomitas)

AS DOZE TRIBOS DE ISRAEL

Zilpa	Lia	Raquel	Bila
Gade ("Afortunado")	Rúben ("Eis aqui um filho")	José ("Aquele que acrescenta")	Dã ("Ele julgou")
Aser ("Feliz")	Simeão ("Aquele que ouve")	Benjamim ("Filho da minha mão direita")	Naftali ("Minha luta")
	Levi ("Unido/Vinculado")		
	Judá ("Exaltado")		
	Issacar ("Salário ou Galardão")		
	Zebulom ("Honrado")		

Moisés e o Êxodo

OS HEBREUS SE TORNAM ESCRAVOS

Os anos se passaram. José e seus irmãos já haviam morrido fazia tempo, mas suas famílias continuavam a crescer, e agora havia muitos, muitos hebreus no Egito. O novo rei acreditava que havia demais deles em seu país, e ele temia que pudessem se tornar muito fortes, então os egípcios colocaram guardas sobre os hebreus e os transformaram em escravos. Eles os forçaram a trabalhar na terra e construir para eles.

Os hebreus eram tratados impiedosamente, todavia ainda cresciam em número, pois as mulheres eram abençoadas por Deus. Só que o novo rei ordenou que qualquer menina que nascesse para os hebreus poderia viver, mas os meninos deveriam ser mortos. Quando as parteiras hebreias falharam em cumprir o que ele havia solicitado, o faraó ordenou que todos os bebês meninos tinham que ser afogados no rio Nilo!

Êxodo 1

Mapa 9

BEBÊ NOS JUNCOS

Moisés era um bebezinho hebreu. Sua mãe sabia que se o rei descobrisse a seu respeito, ele seria morto, então ela fez um cesto de vime para ele e o colocou na água entre os juncos.

Pouco depois, a filha do rei desceu até o rio. Ela ouviu um ruído estranho, afastou os juncos e achou um menininho. Ela o pegou e o segurou.

– Deve ser um dos bebês hebreus – disse ela suavemente.

A irmã de Moisés, Miriã, estava observando secretamente das redondezas. Ela corajosamente deu um passo à frente e se ofereceu para encontrar alguém para amamentar o bebê. Quando a princesa concordou, Miriã buscou sua própria mãe, e foi assim que a mãe de Miriã cuidou de seu próprio filho até que ele fosse crescido o suficiente para a princesa levá-lo ao palácio.

Êxodo 2

A SARÇA ARDENTE

Quando Moisés cresceu, ele ficou chocado ao ver como os egípcios tratavam seus companheiros hebreus. Um dia, ele perdeu a calma e matou um egípcio que estava espancando brutalmente um escravo hebreu. Ele fugiu do país, viajou até Midiã e se tornou um pastor de rebanhos.

Certa vez, enquanto cuidava de suas ovelhas, Moisés percebeu que uma sarça na redondeza estava em chamas, porém as folhas da sarça não se queimavam! Ao se aproximar, ele ouviu a voz de Deus dizer:

– Tire as suas sandálias, Moisés, pois este é um solo sagrado. Eu sou o Deus de seu pai, o Deus de Abraão, de Isaque e de Jacó.

Deus disse a Moisés que estava na hora de seu povo ser libertado. Ele lhe disse para ir até o faraó e exigir a libertação deles. Moisés ficou apavorado com o pensamento de falar com o poderoso faraó, mas Deus o enviou ao Egito e enviou seu irmão, Arão, para ajudá-lo.

Êxodo 2-4

Mapa G5

O FARAÓ DIZ NÃO

Então Moisés e Arão chegaram diante do faraó e disseram:

– O Deus de Israel pede que você deixe o seu povo partir, para que possam fazer uma celebração a ele no deserto.

O faraó respondeu:

– Quem é esse Deus de Israel? Eu não o conheço e não deixarei os hebreus partirem!

Ele ficou tão zangado, que fez os escravos trabalharem ainda mais arduamente.

E assim Moisés e Arão retornaram ao faraó, que exigiu alguma prova de seu Deus. Arão lançou no chão seu cajado e ele se transformou imediatamente numa serpente! Mas os mágicos do rei se reuniram e fizeram feitiçaria, e quando eles lançaram seus cajados no chão, eles também se transformaram em serpentes. Apesar de a serpente de Arão ter engolido todas elas, o coração do rei estava endurecido e ele não deixou os hebreus partirem.

Êxodo 5-7

AS PRAGAS

Então o Senhor enviou uma série de pragas sobre os egípcios. Primeiro, ele transformou as águas do Nilo em sangue. Todos os peixes morreram, e o ar tinha mau cheiro. Ele enviou uma praga de rãs para cobrir os campos e encher as casas. Em seguida, o pó da terra foi transformado em piolhos, e depois deles veio um enxame de moscas. Ele enviou uma praga por entre o gado da terra, mas poupou aqueles que pertenciam aos hebreus. Então os egípcios foram atormentados com horríveis feridas purulentas. Mas ainda assim o faraó não mudava de ideia!

Deus enviou uma terrível tempestade de granizo que varreu a terra, seguida por um enxame de gafanhotos. Nada verde restou em todo o Egito! Depois disso, Deus enviou escuridão total para cobrir o Egito por três dias inteiros.

A cada vez, o faraó se recusava a deixar os hebreus partirem, pois Deus tinha endurecido seu coração.

Mas agora tinha chegado a hora da mais horrível de todas as pragas...

Êxodo 7-10

Mapa 9

A PÁSCOA

Moisés advertiu o faraó de que Deus passaria pela nação à meia-noite, e todo primogênito na nação morreria, desde o filho do próprio faraó até o filho da escrava mais simples, e até os primogênitos dos animais também. Entretanto, o faraó não escutava.

Moisés disse aos israelitas o que Deus queria que eles fizessem para serem poupados. Cada lar devia matar um cordeiro, espalhar um tanto do sangue nos umbrais das portas e então comer a carne de uma maneira especial.

Naquela noite, Deus passou por todo o Egito e, no dia seguinte, a nação estava repleta de sons de luto, pois todos os primogênitos haviam morrido – até o filho do poderoso faraó. Mas os hebreus foram poupados. Agora, os egípcios não viam a hora de se livrar dos hebreus, e assim eles se prepararam para partir.

Êxodo 11-12

O ÊXODO

Os hebreus viajaram para o sul pelo deserto, em direção ao Mar Vermelho. De dia, Deus enviava uma grande coluna de nuvem para guiá-los; à noite, eles seguiam um pilar de fogo. Todavia, seus problemas estavam longe de terminar, pois o faraó se arrependeu de sua decisão de deixá-los partir e saiu com seu exército para trazê-los de volta.

Todos aqueles cascos velozes e rodas rangendo partiram numa imensa nuvem de poeira que os hebreus podiam ver chegar a quilômetros de distância, e eles ficaram em pânico, pois agora o caminho deles estava bloqueado pelas águas do Mar Vermelho.

– Por que você trouxe todos nós por todo este caminho, só para sermos mortos ou arrastados de volta para a escravidão? – gritaram os hebreus, apavorados, para Moisés. – Teria sido melhor para nós servir os egípcios do que morrer no deserto!

Êxodo 12-14

Mapa 9
C2-D3

ATRAVESSANDO O MAR VERMELHO

O povo apertava as mãos de medo enquanto a poeira lançada para o alto pelo exército egípcio estava cada vez mais próxima, mas Moisés confiava em Deus e permaneceu firme.

– Deus cuidará de nós – disse ele, confiante – e ele esmagará o nosso inimigo.

Deus disse a Moisés para erguer seu cajado e estender a mão sobre o mar para dividir a água, de modo que os israelitas pudessem atravessar o mar em terra seca. A coluna de nuvem se moveu para entre os hebreus e os egípcios, para que os egípcios não pudessem enxergar o que estava acontecendo, e Moisés ficou de pé diante do mar e ergueu sua mão.

Naquela noite inteira, o Senhor afastou o mar com um forte vento oriental e o transformou em terra seca. As águas foram divididas e os israelitas atravessaram o mar em solo seco, com uma muralha de água à sua direita e à sua esquerda!

Êxodo 14

Mapa 9
D4

AFOGADOS

Os egípcios seguiam firmes atrás dos hebreus e, sem hesitação, os seguiram mar adentro pelo caminho que Deus havia feito. Mas Deus os atingiu com confusão para que as rodas das bigas se desprendessem e todos estivessem no caos. Então ele fechou as águas e os egípcios foram varridos no fundo do mar. De todo aquele exército poderoso, não houve sobreviventes – nem um cavalo, nem um soldado!

O povo de Israel, seguro na outra margem do rio Vermelho, encheu-se de gratidão e alívio, e eles cantaram e dançaram de alegria. Eles sabiam que o seu Deus era poderoso e também misericordioso, então o louvaram grandemente.

Êxodo 14-15

ALIMENTO E ÁGUA NO DESERTO

Moisés guiou os israelitas pelo deserto, mas não demorou e eles ficaram famintos, sedentos e descontentes. Mais uma vez, Deus ajudou seu povo. Certa noite, um bando de codornizes veio ao acampamento e, na manhã seguinte, o solo estava coberto de flocos brancos que tinham sabor de bolos feitos com mel. Eles chamavam isso de maná.

Quando eles precisavam de água, Deus dizia a Moisés para pegar seu cajado e bater numa rocha, e da rocha fluía água fresca, limpa e potável.

O povo de Israel vagou pelo deserto por muitos, muitos anos, e durante todo esse tempo o Senhor cuidou deles e lhes deu alimento e água.

Êxodo 15-17

MÃOS PARA O ALTO!

Os israelitas sofreram ataques de uma tribo de nômades chamados amalequitas. Moisés disse a Josué, seu guerreiro mais confiável, para liderar seus homens na batalha, enquanto Moisés observava de uma colina, segurando o cajado que lhe tinha sido dado por Deus.

No dia seguinte, a batalha foi violenta e terrível. Moisés ficou no alto da colina com seu irmão, Arão, e um homem chamado Hur. Quando ele mantinha as mãos para o alto no ar, seus homens começavam a vencer a luta, mas quando ele baixava as mãos, a batalha mudava de lado!

Moisés manteve as mãos para o alto por tanto tempo quanto conseguiu, mas, com o passar do tempo, suas mãos ficaram cansadas. Por fim, parecia que ele não podia mais segurá-las. Então, Arão e Hur encontraram uma rocha grande para Moisés se sentar e cada um deles pegou um dos braços dele e os ergueu para o alto, até que o sol se pôs no horizonte. E assim, com a ajuda de Deus, Josué e seus homens derrotaram os amalequitas.

Êxodo 17

Mapa 9 F5

Mapa 9 F5

OS DEZ MANDAMENTOS

Moisés guiou o povo até o Monte Sinai. Lá o Senhor falou com Moisés e lhe disse que, se o povo o honrasse e lhe obedecesse, ele sempre estaria com eles. Ele deu a Moisés muitas leis que ajudariam os israelitas a viver juntos alegremente. As mais famosas dessas leis eram os Dez Mandamentos.

Você não adorará outros deuses além de mim.
Você não fará nenhum ídolo falso.
Você não tomará o nome do Senhor seu Deus em vão.
Lembre-se do dia de sábado, para que seja santificado.
Honre seu pai e sua mãe.
Não mate.
Não cometa adultério.
Não furte.
Não diga falso testemunho contra o seu próximo.
Não cobice coisa alguma do seu próximo.

Essas leis encorajaram os israelitas a priorizar Deus, mas também a pensar a respeito daqueles ao seu redor e a tratá-los com respeito e bondade. Deus deu a Moisés duas tábuas de pedra com os mandamentos esculpidos nelas.

Êxodo 19-20

Mapa 9 F5

UM LUGAR PARA ADORAÇÃO

Deus disse a Moisés para construir um lugar especial para guardar as tábuas de pedra. Elas deveriam ser mantidas dentro de um baú de madeira recoberto com o mais puro ouro, conhecido como "Arca da Aliança". Ela deveria ser mantida dentro de um relicário interior, numa grande tenda conhecida como "tabernáculo", que viajaria com os israelitas para onde fossem. Assim, eles carregariam a presença do Senhor consigo em suas viagens pelo deserto.

Êxodo 25-27

O BEZERRO DE OURO

Enquanto Moisés estava no alto da montanha, o povo começou a acreditar que ele nunca retornaria. Eles pediram para Arão para lhes fazer deuses para guiá-los. Arão mandou que eles reunissem suas joias de ouro e as usou para fazer um bezerro de ouro, que ele colocou sobre um altar. O povo se reuniu em volta e começou a adorá-lo.

Quando Moisés desceu da montanha com as tábuas e viu o povo cantando e dançando em volta do bezerro de ouro, ficou tão furioso que jogou as tábuas no chão. Em seguida, ele queimou o bezerro e o triturou até virar pó. Deus puniu aqueles que haviam pecado com uma praga.

Êxodo 32

Mapa 9
F5

O DIA DA EXPIAÇÃO

Deus deu a Moisés instruções especiais para Arão. Arão deveria fazer sacrifícios para oferecer expiação por seus próprios pecados e por aqueles de sua família e servos. Depois, ele deveria pegar dois bodes do povo. Um deveria ser sacrificado a Deus e o outro deveria ser mandado embora no deserto. Era um "bode expiatório" para levar embora os pecados de todo o povo.

Essa cerimônia deveria acontecer a cada ano e ficou conhecida como "Dia da Expiação". Deveria ser um dia para passar em oração e reflexão, para buscar o perdão de Deus. Deus ordenou ao povo que jejuasse pelo período de um dia.

– Tudo isso vocês devem fazer – disse Deus –, pois nesse dia a expiação será feita por vocês. E então vocês ficarão limpos de todos os seus pecados à minha vista.

Levítico 16

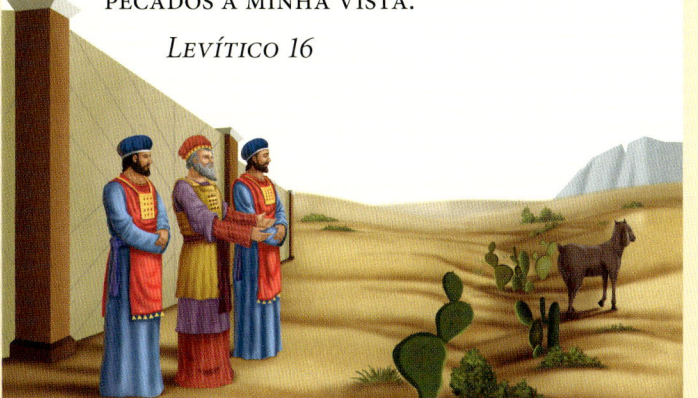

ÁGUA DA ROCHA

O povo estava constantemente se queixando, porque ainda estavam no deserto e estavam sem água e sedentos. Moisés e Arão pediram a Deus para ajudar mais uma vez e ele lhes disse para pegar o cajado e reunir todos diante de uma grande rocha.

– Fale com aquela rocha diante dos olhos deles e ela verterá água – Deus lhes ordenou.

Moisés e Arão reuniram o povo.

– Escutem, seus rebeldes, temos que trazer água para vocês desta rocha? – disse Moisés. E, então, bateu na rocha duas vezes com seu cajado.

A água esguichou para fora e todos puderam beber.

Porém, Deus ficou decepcionado porque Moisés não havia seguido suas instruções, nem tinha dado crédito a Deus, e assim disse aos irmãos que eles nunca entrariam na Terra Prometida.

Números 20

A SERPENTE DE BRONZE

Os israelitas tinham que viajar longe no deserto. Deus os ajudou a conquistar o povo e as cidades que estavam em seu caminho, mas o povo ainda reclamava. Eles falavam contra Deus e contra Moisés, apesar de tudo que tinha sido feito por eles.

Deus estava cansado da ingratidão deles. Ele enviou cobras venenosas para o acampamento deles e muitos israelitas morreram. O povo foi até Moisés e disse:

– Foi errado de nossa parte falar contra Deus. Por favor, peça a ele para levar as cobras embora!

E assim Moisés orou.

Então Deus disse a ele:

– Faça uma serpente e coloque-a no alto de um mastro. Qualquer um que for picado pode olhar para ela e viverá.

Moisés fez uma serpente de bronze e a colocou no alto de um mastro. Quando alguém era picado e olhava para a serpente de bronze, vivia.

Números 21

Mapa 9
G3

HORA DE MUDANÇA

Deus disse a Moisés que logo seria hora de deixar o seu povo. Deus disse que permitiria que Moisés avistasse a Terra Prometida aos israelitas, mas não lhe permitiria entrar nela. Moisés pediu a Deus para escolher alguém para liderar o povo após a sua morte, e o Senhor escolheu Josué, que já tinha sido demonstrado sua fé em Deus.

Acontece que os rubenitas e os gaditas possuíam rebanhos de gado muito grandes. Eles perguntaram se podiam ficar no lado oriental do rio Jordão, pois a terra era boa para pastagem. Moisés concordou que, se todos os homens deles ajudassem na luta para conquistar Canaã, então após a vitória eles poderiam reivindicar essa terra.

Deus disse aos israelitas que eles tinham que expulsar os habitantes da terra diante deles e destruir todos os seus ídolos e imagens esculpidas e templos, pois Deus não estava dando aos israelitas a terra porque eles eram bons, mas porque aqueles que viviam lá eram perversos.

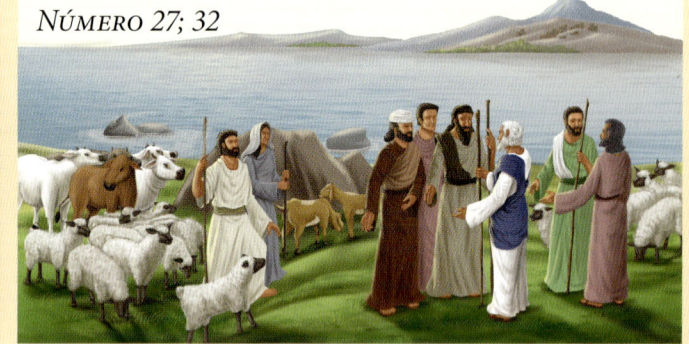

Número 27; 32

MOISÉS AVISTA A TERRA PROMETIDA

Estava na hora de Moisés deixar seu povo, mas, antes que ele partisse, ele os reuniu e disse:

– Vocês são verdadeiramente abençoados! Quem é como vocês, um povo salvo pelo Senhor? Ele é o seu escudo e auxiliador e a sua espada gloriosa. Os seus inimigos se esconderão diante de vocês, e vocês esmagarão seus lugares elevados.

Moisés subiu ao Monte Nebo, e o Senhor lhe mostrou a terra inteira de Canaã à distância – as planícies e os vales, as cidades e os vilarejos, tudo até o mar. Depois Moisés morreu. Ele tinha 120 anos quando faleceu, porém, sua visão não estava fraca nem sua força se fora. O povo ficou de luto por 30 dias. Eles sabiam que nunca mais haveria outro profeta como ele, que tinha falado com o Senhor face a face.

Deuteronômio 33-34

Mapa 9
H1

A Terra Prometida

ESPIÕES!

Por muitos anos, os israelitas tinham vagado no árduo deserto, mas agora estava na hora de atravessar o rio Jordão e entrar na Terra Prometida, onde havia alimento e água em abundância e terra verde e viçosa. Josué enviou dois espiões para a cidade de Jericó, nas margens distantes do rio. Eles passaram a noite na casa de uma mulher chamada Raabe, mas o rei ouviu que havia espiões em sua cidade e enviou soldados à procura deles. Raabe escondeu os homens no telhado e, quando os soldados vieram bater à porta, ela os mandou embora. Depois ela deu aos espiões um pouco de corda para que pudessem descer, pois a casa fazia parte do muro da cidade.

– O povo de Jericó vive com medo da sua vinda – ela disse –, pois ouvimos falar o quanto o seu Deus é poderoso. Por favor, poupe a mim e minha família quando vocês atacarem Jericó!

Os espiões prometeram poupar Raabe e sua família e lhe disseram para amarrar um pano vermelho na janela como sinal. Mas eles a alertaram a não falar uma palavra sobre eles, pois, se ela o fizesse, não lhe seria dada misericórdia alguma.

Josué 1-4

Mapa 9 H1

ATRAVESSANDO O RIO

O rio Jordão estava transbordando. As águas fluindo velozmente eram traiçoeiras, e não havia ponte ou vau. Ainda assim, Deus tinha dito ao povo que hoje atravessariam e entrariam na Terra Prometida. Josué enviou os sacerdotes na frente, levando a Arca da Aliança. Assim que seus pés tocaram na água, ela parou de fluir e fez um enorme paredão, e um caminho seco se estendeu diante deles. Os sacerdotes foram pelo caminho até a metade do leito do rio e então o povo de Israel começou a atravessar em segurança. Havia tantos que levou o dia inteiro para atravessar, mas, ao cair da noite, eles tinham finalmente chegado à Terra Prometida a eles por Deus por tantos anos.

Antes de os sacerdotes terminarem de atravessar o rio, Josué ordenou que um homem de cada uma das 12 tribos de Israel pegasse uma pedra do meio do leito do rio. Assim que os sacerdotes pisaram na margem, o rio despencou novamente. Josué recolheu as 12 pedras e as empilhou num montinho como um lembrete ao povo de TUDO o que Deus tinha feito por eles.

Josué 5

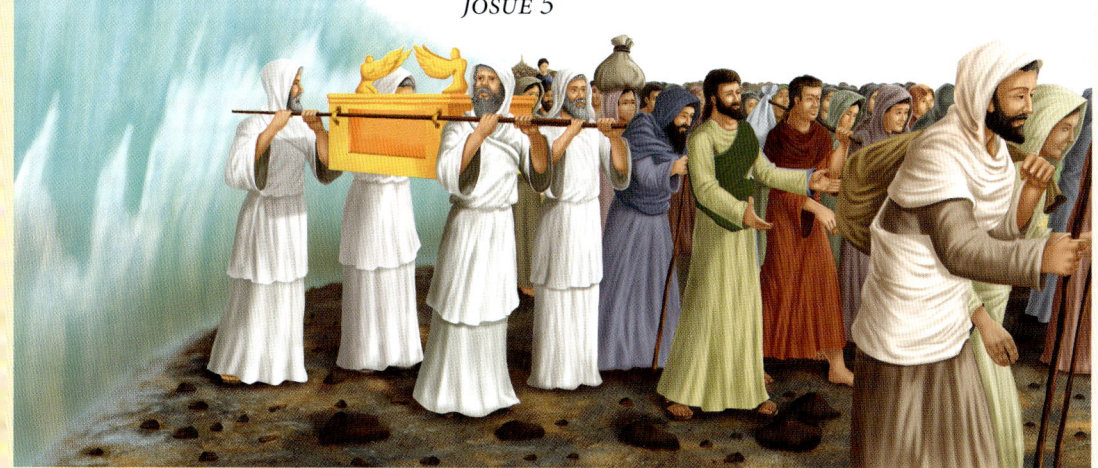

O período em que Josué (cujo nome em hebreu significa "O Senhor é a salvação") liderou os israelitas a entrar na Terra Prometida compreendeu 40 anos passados no deserto.

Sob sua liderança, os israelitas conquistaram a terra de Canaã, e Josué dividiu a terra entre as 12 tribos.

AS MURALHAS DE JERICÓ

Quando Josué liderou os israelitas pelo rio Jordão em direção à Terra Prometida, a primeira cidade que eles precisavam conquistar era a cidade de Jericó com suas altas muralhas.

Deus disse a Josué exatamente o que fazer. Por seis dias, os israelitas marcharam ao redor da cidade e, no sétimo dia, tendo marchado ao redor da cidade por sete vezes, os sacerdotes tocaram alto as suas trombetas, o povo berrou e as imensas muralhas de Jericó ruíram e caíram diante deles numa nuvem de poeira!

A história de como o Senhor tinha ajudado Josué se espalhou por toda parte na nação e encheu de medo os povos das cidades e vilarejos vizinhos.

Josué 6

Mapa 9
H1

VIDA NA TERRA PROMETIDA

Mapa 10

Quando os israelitas de início se estabeleceram na Terra Prometida, recém-chegados de suas viagens no deserto e das exortações de Moisés, eles tinham as melhores das intenções e planejavam manter sua aliança com Deus. Porém, com o passar dos anos, eles se tornaram descontentes e se esqueceram de suas promessas. Eles optaram por caminhos perversos, e Deus lhes enviou provações e tribulações na forma de inimigos, como os filisteus. A cada vez, ele também enviava um herói ou heroína para proteger o seu povo. Esse foi o período dos Juízes, da sábia Débora e do forte Sansão, e de um dos maiores de todos os profetas: Samuel. Mas quando Samuel envelheceu, Israel exigia um rei, pois o povo estava temeroso do futuro e não mais confiando totalmente em Deus.

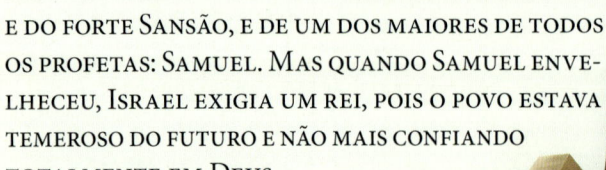

Deus escolheu um jovem chamado Saul para ser o primeiro rei deles. Saul começou bem, mas como os próprios israelitas, logo se desviou do caminho...

Juízes; I Samuel

CIDADES DE REFÚGIO

Estas foram seis cidades levíticas nas quais os perpetradores da carnificina podiam reivindicar o direito de refúgio:

CADES
Mapa 10 G4

A cidade canaanita real de Cades foi conquistada pelos israelitas sob a liderança de Josué. A posse de Cades foi sorteada para a tribo de Naftali. Subsequentemente, a mando de Deus, Cades foi separada por Josué como uma cidade levítica e uma das cidades de refúgio.

GOLÃ
Mapa 10 F5

A cidade de Golã fica no território de Manassés, perto do Mar da Galileia, e foi a mais setentrional cidade de refúgio a leste do Jordão.

RAMOTE
Mapa 10 E5

Ramote ou Ramote-Gileade (significando "Colinas de Gileade") era uma cidade levítica a leste do rio Jordão. Estava localizada na parte territorial da tribo de Gade.

SIQUÉM
Mapa 10 E3

Siquém é a localização em que tanto Abraão quanto Jacó construíram altares para Deus e em que, após a morte de Salomão, as tribos de Israel se reuniram e decidiram se dividir em duas nações separadas. Ela se tornou a primeira capital do reino de Israel.

BEZER
Mapa 10 D5

Bezer, separada por Moisés para os rubenitas, foi uma das três cidades de refúgio no leste do Jordão.

HEBROM
Mapa 10 C3

Hebrom é venerada por cristãos, judeus e mulçumanos por sua associação com Abraão, que viveu em Hebrom por um longo período e foi, de fato, enterrado lá (de acordo com a tradição, junto com Isaque, Jacó e suas esposas). O islamismo a considera uma de suas cidades sagradas e é também uma das quatro cidades sagradas do judaísmo.

Mapa 10 — Cidades de Refúgio

O Grande Mar

Cades — Também conhecida como Cades-Naftali, esta cidade se situava na Galileia na região montanhosa de Naftali. (Josué 20:7)

Golã — Localizada na área conhecida como Basã, Golã estava a 27 quilômetros a leste do Mar da Galileia. Esta área geral, hoje em dia, é muitas vezes chamada de Colinas de Golã. (Deuteronômio 4:43)

Siquém — Localizada nas montanhas de Efraim, esta é a cidade em que o Senhor apareceu para Abraão com a promessa: — Aos seus descendentes, darei esta terra. (Gênesis 12:6-7)

Ramote — Também conhecida como Ramote-Gileade, Ramote foi uma importante cidade murada no território de Gade. Situava-se a aproximadamente 40 quilômetros a leste do Rio Jordão próxima à fronteira da Síria. (Deuteronômio 4:43)

Bezer — Localizada nas planícies desérticas de Moabe, Bezer era uma cidade murada dentro do território de Rúben. (Deuteronômio 4:43)

Hebrom — Hebrom, a cidade mais ao sul das seis cidades, ficava a 32 quilômetros ao sul de Jerusalém. Também era conhecida como Quiriate-Arba. (Josué 20:7)

Mar da Galileia · *Rio Jordão* · *Jerusalém* · *Mar Morto* · *MOABE*

Os Reis de Israel

SAUL É IMPACIENTE

Saul se tornou um poderoso rei e obteve muitas vitórias sobre os filisteus. A princípio, ele era bom e corajoso, mas, com o passar do tempo, Saul se tornou orgulhoso e obstinado e nem sempre obedecia a Deus.

Certa vez, Saul e seu exército estavam aguardando em Gilgal, preparando-se para lutar com os filisteus e ameaçadoramente em menor número. Samuel tinha prometido encontrá-los lá para oferecer um sacrifício antes de irem à guerra, mas Saul e seus soldados estavam tremendo de medo, e dia após dia, Samuel não chegava. Quando os soldados de Saul começaram a desertar, ele decidiu fazer ele próprio a oferenda.

Samuel chegou bem na hora que ele tinha terminado. Ele ficou zangado e disse a Saul que, por ele ter desobedecido a Deus, seus filhos não governariam a nação após ele. Em vez disso, Deus escolheria outro rei.

I Samuel 13

Mapa 12
C4

O REI DESOBEDIENTE

Alguns anos mais tarde, Deus disse a Saul para atacar os amalequitas e destruir Amaleque e tudo nela. Saul matou todo o povo, mas ele poupou os melhores animais e levou o rei como refém.

Quando Samuel perguntou a Saul por que ele tinha desobedecido a Deus, Saul disse que ele estava planejando sacrificar os animais ao Senhor.

– Deus quer que você lhe obedeça! – disse Samuel. – Ele não pediu sacrifícios!

Saul implorou por perdão e se agarrou e segurou na túnica de Samuel para impedi-lo de sair. Um pedaço da túnica se rasgou em suas mãos! Samuel lhe disse que, assim como Saul tinha rasgado sua túnica, o Senhor dividiria o reino de Saul, pois Deus se arrependeu de tê-lo feito rei de Israel um dia. Samuel saiu e nunca mais viu Saul.

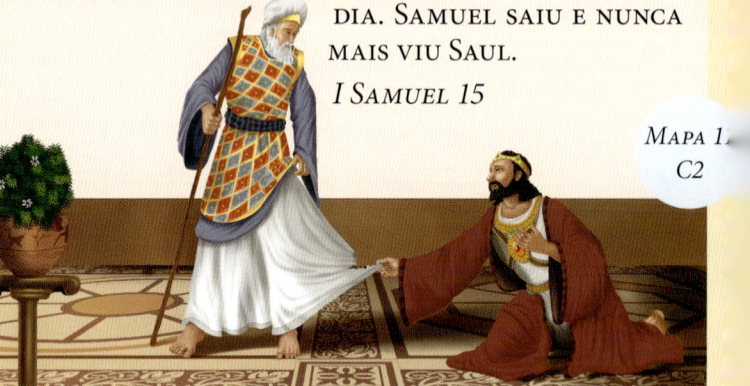

I Samuel 15

Mapa 1
C2

O MENINO PASTOR

Samuel foi à casa de Jessé em Belém, pois Deus tinha escolhido um de seus filhos para ser o rei de Israel. Um por um, Jessé apresentou os seus filhos, todos fortes e bonitos. Samuel achou que eles eram homens jovens e vistosos, mas nenhum deles era o escolhido, pois Deus olha o interior de uma pessoa, não o exterior.

Samuel perguntou se não havia mais algum filho e Jessé respondeu:

– Tem o caçula, Davi, mas ele está cuidando das ovelhas nos campos.

Quando o jovem menino pastor foi trazido diante de Samuel, o Senhor falou:

– Este é aquele que eu escolhi!

Samuel o ungiu ali naquele momento, mas ainda levou algum tempo antes de Davi se tornar rei. Por um tempo, ele ficou em casa cuidando das ovelhas, tocando sua harpa e treinando com seu estilingue. Mas, daquele dia em diante, Deus estava sempre com ele.

I Samuel 16

Mapa 12
C3

DAVI E GOLIAS

Os israelitas estavam em guerra com os filisteus, e os dois exércitos tinham se reunido para entrar em combate. Davi tinha trazido alimento para seus irmãos que estavam lutando no exército.

Os filisteus tinham um campeão imponente. Seu nome era Golias e ele era poderoso, forte e tinha três metros de altura! Golias havia desafiado os soldados israelitas a um combate individual. Nenhum deles tinha ousado lutar com o terrível guerreiro. Mas Davi não tinha medo: disse a Saul que lutaria com Golias, pois Deus estava com ele quando ele protegeu seu rebanho de leões e ursos. Davi sabia que Deus estaria com ele agora.

I Samuel 17

UMA PEDRA NUM ESTILINGUE

O rei deu a Davi sua própria armadura e armas, mas Davi não se sentiu confortável usando-as. Em vez disso, ele ficou de pé diante de Golias com nada além de seu cajado, um estilingue e cinco pedras lisas do ribeiro.

Golias riu quando viu o jovem pastor de ovelhas, mas Davi intrepidamente correu em sua direção, colocando uma pedra no estilingue e arremessando-a com toda a sua força. Ela acertou Golias bem no meio da testa; quando ele caiu no chão, Davi correu depressa e, sacando a própria espada de Golias, decapitou-o com um golpe!

Os filisteus ficaram tão espantados quando viram seu campeão morto que deram meia-volta e fugiram!

I Samuel 17

Mapa 11
C-D2

DAVI SE TORNA REI

Davi não se tornou rei imediatamente. Primeiro, ele serviu o rei Saul como músico e como seu escudeiro e se tornou muito próximo de Jônatas, filho de Saul. Davi se tornou um grande guerreiro e era muito popular com o povo. Saul ficou com bastante inveja. Várias vezes, ele tentou matar Davi, mas Deus sempre o protegia.

Muitos anos mais tarde, Jônatas foi morto lutando contra os filisteus numa imensa batalha, e Saul tirou sua própria vida no mesmo dia. Davi ficou tomado de tristeza quando soube dessas mortes. O único filho restante de Saul, Isbosete, foi proclamado rei de toda a parte norte de Israel por Abner, general de Saul, mas a tribo de Judá permaneceu leal a Davi e, por algum tempo, houve luta severa entre o exército de Isbosete e os seguidores de Davi.

Por fim, após muito, muito derramamento de sangue, o conflito terminou e Davi foi proclamado rei de toda a nação de Israel.

I e II Samuel

O AQUEDUTO DE ÁGUA

Como um de seus primeiros atos como rei, Davi decidiu tornar a cidade-fortaleza de Jerusalém sua nova capital, pois ele sabia que os inimigos de Israel estavam sempre aguardando para atacar.

Ele deslocou seu exército para Jerusalém, que ainda era mantida por uma tribo canaanita. O povo lá riu dele, acreditando que eles estariam seguros atrás de suas altas muralhas. As colinas cercavam a cidade em três laterais e a quarta era protegida pelos imensos portões da cidade.

– Vocês nunca entrarão aqui – eles escarneciam. – Os cegos e os coxos poderiam nos defender!

Mas Davi tinha a bênção de Deus. Ele descobriu que um aqueduto corria pela colina até a cidade. Seus homens escalaram o duto d'água, direto para dentro do coração da cidade e destrancaram os portões por dentro; assim, a fortaleza poderosa se rendeu a Davi e a seus soldados!

II Samuel

A ARCA É TRAZIDA PARA JERUSALÉM

Uma vez que Davi havia conquistado a cidade, ele mandou chamar carpinteiros e pedreiros para ampliá-la e para construir um grande palácio. Jerusalém se tornou conhecida como a cidade de Davi. Porém, Davi sabia que devia tudo a Deus. Ele queria que Jerusalém fosse conhecida como a cidade de Deus, então mandou trazer a Arca da Aliança para Jerusalém.

Houve grande alegria quando a Arca entrou na cidade. Davi estava fora de si de alegria e cantou e dançou junto com todo o seu povo. Sua nova esposa achou que ele estava se fazendo de bobo.

– Como você pode se envergonhar tanto assim? – ela lhe perguntou mais tarde.

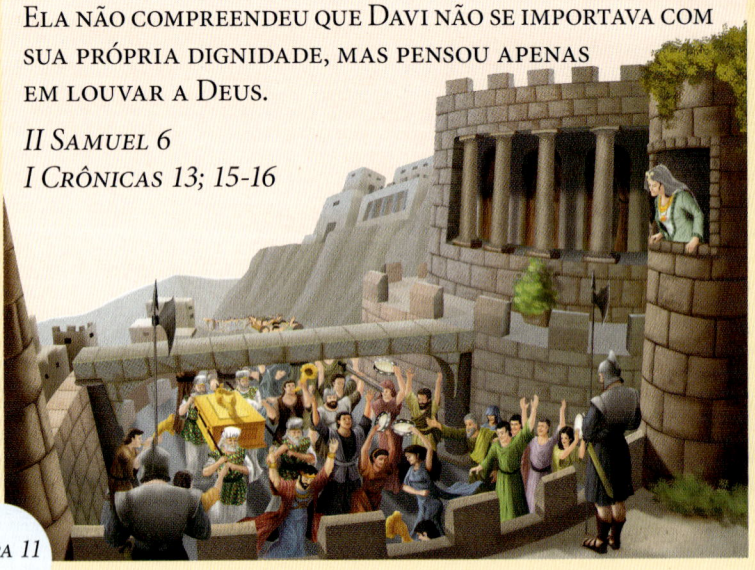

Ela não compreendeu que Davi não se importava com sua própria dignidade, mas pensou apenas em louvar a Deus.

II Samuel 6
I Crônicas 13; 15-16

Mapa 11
D3

DAVI E BATE-SEBA

Certa noite, Davi estava caminhando no terraço do palácio quando seus olhos foram atraídos para uma bela mulher tomando banho. Seus guardas lhe disseram que era Bate-Seba, a esposa de um de seus soldados, Urias, que estava longe guerreando com os amonitas. Davi se encheu de amor por Bate-Seba e mandou que a trouxessem ao palácio aquela noite. Pouco tempo depois, Davi ficou sabendo que ela estava esperando um filho dele!

Davi sabia que Urias ficaria furioso se soubesse a verdade, então ele o trouxe para casa para estar com sua esposa, na esperança de que ele acreditasse que o bebê fosse dele mesmo. Mas quando Urias insistiu em dormir perto dos portões do palácio, Davi o mandou de volta para a linha de frente de batalha, onde a luta era mais violenta, e ele foi morto. No final do período de luto da Bate-Seba, Davi se casou com ela e ela lhe deu um filho.

Deus não se agradou disso. Ele enviou o profeta Natã até Davi para explicar o quanto ele tinha sido perverso, e Davi ficou cheio de remorso e arrependimento. Deus o perdoou, e embora aquela criança não tenha vivido, com o tempo Bate-Seba deu a Davi outra criança, um filho chamado Salomão, e Salomão foi amado por Deus.

II Samuel 11

SALOMÃO SE TORNA REI

Davi era idoso e, em seu leito de morte, seus filhos brigavam pelo trono. Ele tinha prometido o trono para Salomão, mas outro de seus filhos, Adonias, queria ser ele o rei e tentou reivindicar o trono. O profeta Natã ficou sabendo o que estava acontecendo e ele e Bate-Seba foram contar a Davi as notícias.

O rei disse a Bate-Seba para arranjar que Salomão andasse sobre a própria mula de Davi até Giom, onde Natã e o sacerdote Zadoque iriam ungi-lo rei de Israel.

– Toquem a trombeta e gritem: "Vida longa ao rei Salomão!" – ordenou Davi –, pois ele virá e se sentará no meu trono e reinará no meu lugar.

Quando Adonias ouviu que o povo ficou sabendo do que tinha acontecido, ficou amedrontado de que seu irmão o mataria. Mas Salomão mandou avisá-lo:

– Desde que você não faça mal, você viverá.

Adonias retornou para casa aliviado.

I Reis 1-2; I Crônicas 29

DEUS FALA COM SALOMÃO

Logo após Salomão ter sido coroado rei, Deus lhe falou num sonho.

– O que você gostaria que eu lhe desse, Salomão? – disse. – Peça o que quiser.

Salomão pensou por um instante e então respondeu humildemente:

– Sou jovem e não tenho experiência. Por favor, dê-me sabedoria, para que eu possa governar o seu povo sabiamente e possa fazer conforme a sua vontade. Ajude-me a distinguir entre o que é certo e o que é errado.

Deus se agradou com a resposta de Salomão.

– Eu lhe darei sabedoria. Mas eu também lhe darei aquelas coisas que você não pediu. Você será rico e respeitado e, se você seguir os meus caminhos, você viverá uma vida longa e boa.

Salomão acordou se sentindo confortado e fortificado.

I Reis 3; II Crônicas 1

Mapa 11 D3

A SABEDORIA DE SALOMÃO

Duas mulheres vieram diante de Salomão, segurando um bebê entre elas.

– Meu senhor – disse uma –, esta mulher e eu vivemos na mesma casa e nós duas tivemos bebês ao mesmo tempo. Mas o bebê dela morreu à noite e ela pegou o meu filho do meu lado e o substituiu pelo filho morto dela!

A outra mulher disse:

– Você está mentindo! O que está vivo é meu filho; o morto é seu!

E assim elas discutiam.

Salomão ordenou para um guarda:

– Corte a criança em duas partes e dê metade para uma mulher e metade para outra.

Uma mulher berrou em desespero.

– Não! Dê a ela o bebê! Prefiro que ela cuide dele do que ele seja morto!

Mas a outra mulher disse que eles deveriam fazer como o rei ordenou, pois assim seria justo.

Então o rei anunciou sua decisão final:

– Dê o bebê para a primeira mulher. Não o mate; ela é a sua verdadeira mãe.

Quando o povo ouviu sobre o veredito que o rei havia dado, eles viram o quanto Deus o tinha tornado sábio e esperto.

I Reis 3

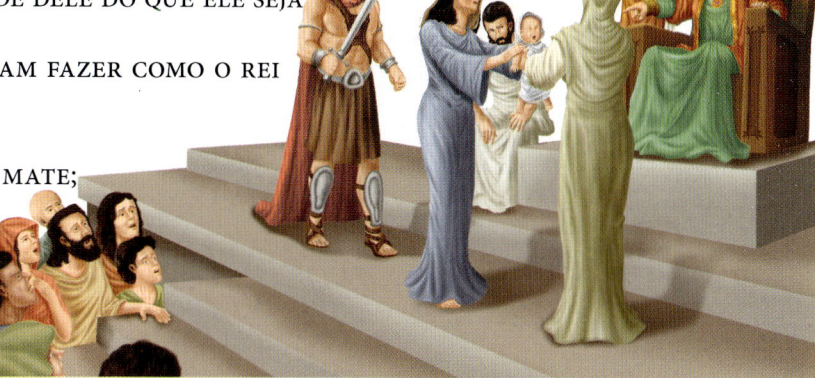

CONSTRUINDO O TEMPLO

Anos antes, o rei Davi teve esperanças de construir um templo especial para a Arca da Aliança. Mas Deus lhe tinha dito para não o fazer. Em vez disso, a tarefa recaiu para Salomão, o filho de Davi.

Não muito tempo depois de haver se tornado rei, Salomão começou o trabalho no templo. Ele mandou buscar as mais nobres madeiras de cedro e as pedras foram esculpidas na pedreira, para que os martelos e cinzéis não fossem ouvidos no lugar sagrado.

O templo era grande, comprido e alto, com muitos aposentos, e o mais sagrado de todos era o Santo dos Santos. Lá, um cedro distinto foi esculpido em belos formatos e figuras, e as portas foram primorosamente esculpidas e recobertas com ouro puro.

O templo levou sete anos para ser construído por milhares de homens, e quando estava concluído, o rei Salomão o encheu com luxuosos tesouros. Mas o tesouro mais precioso de todos era a Arca da Aliança, contendo as duas tábuas de pedra. Ela foi trazida para ficar no Santo dos Santos, onde descansava sob as asas de dois querubins feitos de madeira de oliveira e recobertos em ouro, cada um com 4,5 metros de altura, suas asas tocando no meio do aposento.

A nuvem da presença de Deus preenchia o templo, e o povo estava cheio de admiração e gratidão. Então Salomão agradeceu a Deus.

– Eu sei que você, que criou os céus e a terra, jamais moraria numa construção feita por homens, mas eu oro para que aqui possamos estar perto de você para ouvir a sua palavra.

Deus lhe disse que ele tinha ouvido a sua oração, que seu coração e seus olhos estariam no templo e que, enquanto o rei trilhasse nos caminhos de Deus e guardasse as suas leis, ele estaria com ele.

I Reis 5-8; II Crônicas 2-7

A RAINHA DE SABÁ

Salomão se tornou muito rico. Após ter construído o templo sagrado, ele construiu palácios magníficos para si e um para suas esposas. Ele comia em pratos de ouro, usando talheres de ouro e bebia de uma taça dourada. Até as roupas que ele usava eram tecidas com ouro.

As histórias de sua riqueza e sabedoria viajaram pelo mundo afora. Tanto que a rainha de Sabá veio visitá-lo de seu reino distante. Ela chegou com uma grande caravana de camelos carregando especiarias raras, ouro e pedras preciosas como presentes.

Ela fez muitas perguntas a Salomão, e para cada pergunta ele respondeu sábia e claramente.

– Tudo que eu ouvi era verdade! – ela disse ao rei. – Pensei que os povos estavam exagerando, mas agora eu sei que não estavam. O seu povo deve estar orgulhoso por lhe ter como seu governante, e é um sinal do amor de seu Deus que ele o tornou o seu rei, para governá-los com justiça e sabedoria.

I Reis 10; II Crônicas 9

O REI DAVI

Davi foi o segundo rei do reino unificado de Israel e Judá, ele reinou por volta de 1010 a 970 a.C.

Um guerreiro corajoso e o poeta e músico a que se atribui a composição de muitos salmos no livro de Salmos, o rei Davi é amplamente considerado como um rei eficiente e justo na guerra, bem como na justiça civil e criminal.

Jesus era um descendente de Davi.

O REI SALOMÃO

Salomão foi tremendamente rico e foi um rei sábio de Israel. Ele era um dos filhos do rei Davi e construiu o primeiro templo em Jerusalém.

Salomão é retratado do começo ao fim dos livros de Reis e Crônicas como maior do que todos os seus predecessores em termos de sabedoria, riqueza e poder.

Por fim, todavia, ele era um ser humano, com falhas que o levaram ao pecado. Os pecados de Salomão conduziram à divisão do reino durante o reinado de Reoboão, seu filho.

MAPA 11
Os Reinos de Davi e Salomão

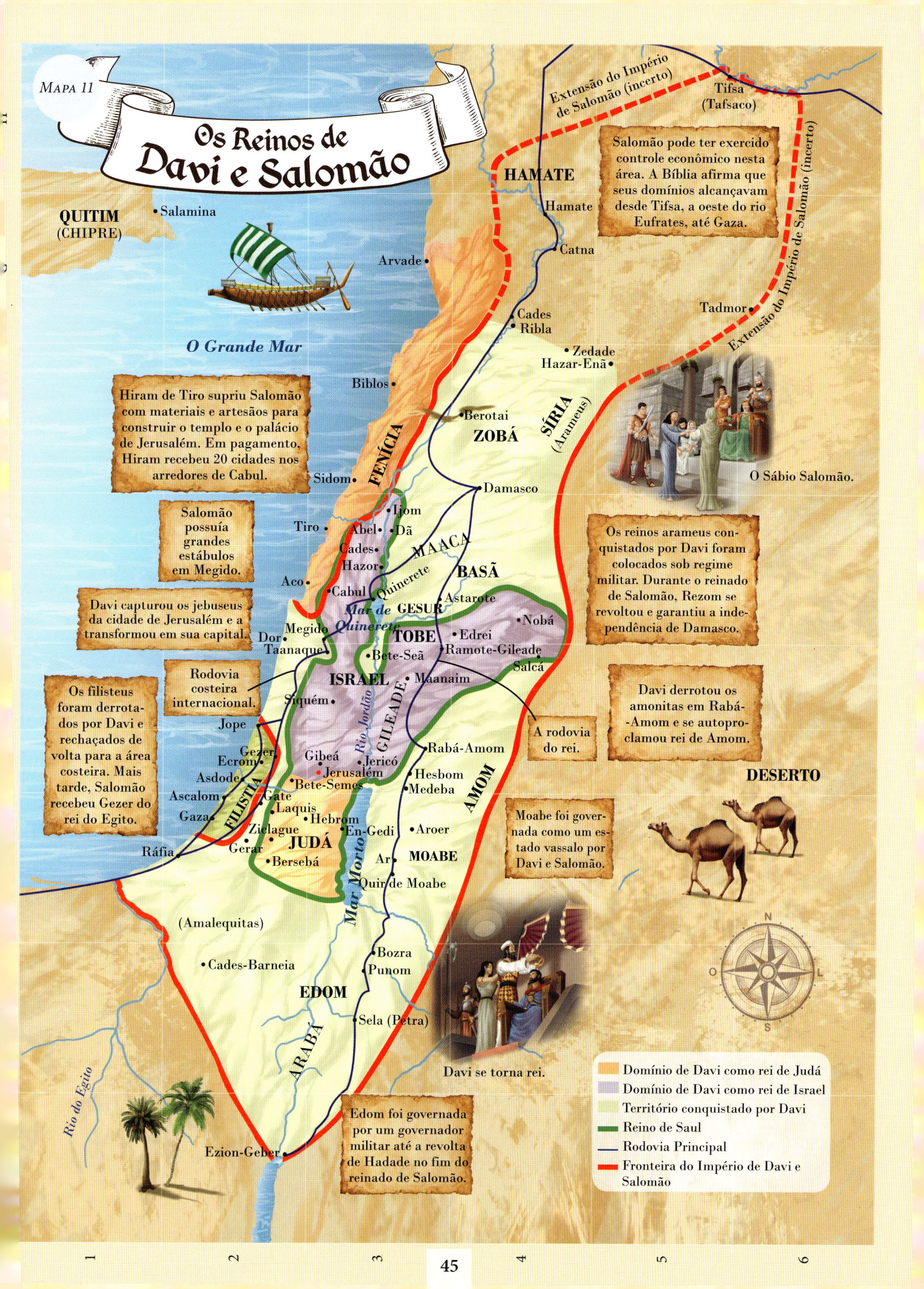

Extensão do Império de Salomão (incerto)

Tifsa (Tafsaco)

Salomão pode ter exercido controle econômico nesta área. A Bíblia afirma que seus domínios alcançavam desde Tifsa, a oeste do rio Eufrates, até Gaza.

QUITIM (CHIPRE)
- Salamina

HAMATE
- Hamate
- Catna
- Tadmor

Extensão do Império de Salomão (incerto)

- Arvade
- Cades
- Ribla
- Zedade
- Hazar-Enã

O Grande Mar

- Biblos
- Berotai

FENÍCIA

ZOBÁ

SÍRIA (Arameus)

Hiram de Tiro supriu Salomão com materiais e artesãos para construir o templo e o palácio de Jerusalém. Em pagamento, Hiram recebeu 20 cidades nos arredores de Cabul.

- Sidom
- Damasco

O Sábio Salomão.

Salomão possuía grandes estábulos em Megido.

- Tiro
- Ijom
- Abel • Dã
- Cades
- Hazor

MAACA

BASÃ

Os reinos arameus conquistados por Davi foram colocados sob regime militar. Durante o reinado de Salomão, Rezom se revoltou e garantiu a independência de Damasco.

- Aco
- Cabul
- Quinerete
- Astarote
- Nobá

GESUR

TOBE

Davi capturou os jebuseus da cidade de Jerusalém e a transformou em sua capital.

- Dor
- Megido
- Bete-Seã
- Edrei
- Ramote-Gileade
- Salcá

- Taanaque

ISRAEL

GILEADE

Davi derrotou os amonitas em Rabá-Amom e se autoproclamou rei de Amom.

- Siquém
- Maanaim

Os filisteus foram derrotados por Davi e rechaçados de volta para a área costeira. Mais tarde, Salomão recebeu Gezer do rei do Egito.

- Jope
- Rabá-Amom

Rio Jordão

A rodovia do rei.

- Gezer
- Ecrom
- Gibeá
- Jericó
- Asdode
- Jerusalém
- Hesbom
- Ascalom
- Gate
- Bete-Semes
- Medeba

FILISTIA

AMOM

DESERTO

- Gaza
- Laquis
- Hebrom
- Ziclague
- En-Gedi
- Aroer
- Gerar
- Bersebá
- Ar

JUDÁ

MOABE

Moabe foi governada como um estado vassalo por Davi e Salomão.

- Ráfia
- Quir de Moabe

Mar Morto

(Amalequitas)

- Cades-Barneia
- Bozra
- Punom

EDOM

- Sela (Petra)

Davi se torna rei.

ARABÁ

Rio do Egito

- Ezion-Geber

Edom foi governada por um governador militar até a revolta de Hadade no fim do reinado de Salomão.

Legenda:
- Domínio de Davi como rei de Judá
- Domínio de Davi como rei de Israel
- Território conquistado por Davi
- Reino de Saul
- Rodovia Principal
- Fronteira do Império de Davi e Salomão

Mar de Quinerete

Rodovia costeira internacional.

Mapa 12: Os Reinos de Israel e Judá

O Reino do Norte de Israel

Em Siquém, as 10 tribos ao norte rejeitaram o governo de Roboão e colocaram Jeroboão como seu rei. Por algum tempo, Tirza serviu como a capital do reino do norte. Mais tarde, Samaria se tornaria a capital permanente.

A fim de evitar que seu povo ficasse viajando para Jerusalém para adorar no templo, Jeroboão estabelece ídolos de bezerro em Dã ao norte e em Betel ao sul e estimula o povo a adorá-los.

O Reino do Sul de Judá

Jerusalém continua a servir como capital do reino do sul de Judá.

Os moabitas e os edomitas no fim reafirmaram sua independência dos reinos de Israel e Judá.

Localidades e regiões

- **Fenícia:** Sarepta, Tiro
- **Arã (Síria):** Damasco, Monte Hermon, Dã
- **Galileia:** Cades, Hazor, Nazaré, Monte Tabor, Suném, Monte Carmelo
- **Basã**
- **Costa/Planície:** Dor, Megido, Taanaque, Cesareia, Jezreel, Bete-Seã, Monte Gilboa
- **Gileade:** Edrei, Ramote, Peniel, Sucote, Maanaim
- **Amom:** Rabá, Hesbom
- **Reino do Norte:** Samaria, Siquém, Afeque, Siló
- **Reino do Sul:** Betel, Gibeá, Jericó, Gilgal, Jerusalém, Belém, Hebrom, Bersebá
- **Filístia:** Jope, Asdode, Ecrom, Ascalom, Gate (possível localização), Gaza, Gezer, Libna, Laquis
- **Moabe:** Monte Nebo, Medeba, Dibom, Quir-Haresete
- **Edom**

Águas e relevo

- O Grande Mar
- Mar da Galileia
- Mar Morto
- Rio Leontes
- Rio Jarmuque
- Rio Jordão
- Rio de Jaboque
- Rio Arnom
- Rio Zerede
- Ribeiro de Besor
- Montanhas do Líbano

DESVIANDO-SE DE DEUS

Salomão foi mais importante e mais rico do que qualquer outro rei; porém, quando envelheceu, ele se desviou de Deus, influenciado por esposas estrangeiras com quem tinha se casado. Deus estava zangado e triste, mas, por amor a Davi, ele não tirou o reino de Salomão durante sua própria existência.

Um dia, o profeta Aías foi até Jeroboão, um dos oficiais do rei. Aías rasgou sua túnica em 12 pedaços e deu dez para Jeroboão dizendo:

– Logo Deus tirará dez tribos de Salomão e as dará a você. Deus punirá Salomão e Israel porque eles o abandonaram, mas ele não retirará todo o reino dos filhos de Davi; ele lhes dará as tribos de Judá e Benjamim. E se você servir a Deus verdadeiramente, ele dará o seu reino para os seus filhos depois de você.

Jeroboão foi ao Egito, onde ficou até Salomão morrer, e então o reino de Israel se dividiu em dois. Ao sul, as tribos de Judá e Benjamim ficaram leais ao filho de Salomão, o rei Reoboão, mas as dez tribos ao norte se separaram e tornaram Jeroboão seu rei.

I Reis 11

Mapa 12

ISRAEL É DIVIDIDA

Apesar da mensagem de Aías, Jeroboão não obedeceu às leis de Deus. Ele tinha dois bezerros feitos de ouro para o povo adorar, pois ele estava preocupado com que, se eles viajassem para Jerusalém para adorar no templo sagrado lá, eles pudessem voltar para o rei Reoboão.

Deus enviou um homem santo para entregar uma mensagem. Ele chegou ao rei num dos altares e lhe disse que Deus enviaria um sinal: o altar se partiria e choveria cinzas. Jeroboão ficou furioso. Ele estendeu sua mão para dizer aos seus guardas para prender o homem e, assim que o fez, sua mão se secou, o altar se partiu ao meio e suas cinzas caíram. Mas, mesmo após essa advertência terrível, Jeroboão ainda não mudou de atitude!

E não que o rei Reoboão no sul fosse muito melhor, pois ele também tinha permitido a seu povo retomar os maus costumes das tribos que haviam vivido naquela terra antes deles.

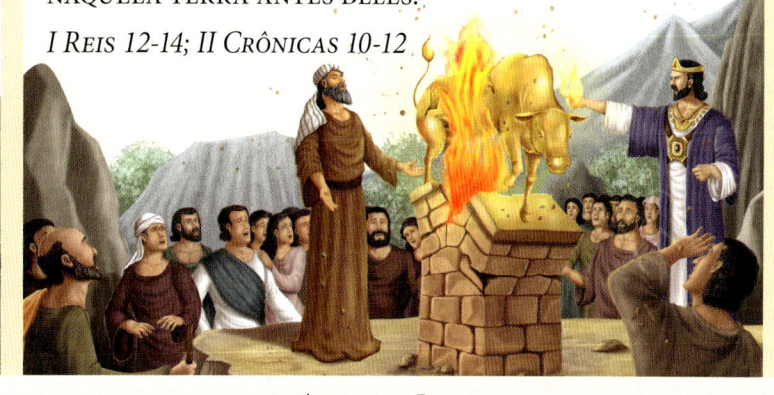

I Reis 12-14; II Crônicas 10-12

Por muito tempo da existência de Israel e dos reinos de Judá e Israel, Moabe e Edom foram estados vassalos, subordinados às nações conquistadoras. Por fim, ambas se revoltaram e recuperaram sua independência.

CAPTURADOS PELA ASSÍRIA

Os anos se passaram e Israel caiu em desgraça. Seus reis eram corruptos e o povo se desviou de Deus para adorar Baal e outros ídolos falsos. Deus estava triste por seu povo ter-lhe virado as costas. Ele tinha feito tanto por eles – ele os salvara da escravidão e os trouxera para esta bela terra –, mas eles tinham adotado maus costumes e não tinham escutado os avisos dos profetas que ele lhes havia enviado.

Então, quando os grandes exércitos da Assíria chegaram, Israel sucumbiu, pois estava na hora de Deus punir seus filhos. Por quase três anos, os exércitos da Assíria sitiaram a cidade de Samaria e, por fim, ela sucumbiu. Assim, os israelitas foram forçados a deixar sua nação e tiveram que marchar para uma nação longínqua, levando seus deuses falsos com eles.

I Reis 17

JEREMIAS É CONVOCADO

Um dos maiores profetas do Senhor era Jeremias. Deus mostrou a Jeremias uma grande panela de cozinhar sobre um fogo ardente. Enquanto Jeremias observava, o líquido na panela começou a ferver, transbordando em uma enorme corrida de líquido fervente.

– Exatamente desta maneira um inimigo do norte transbordará sobre as terras de Judá e Jerusalém, e destruirá tudo em seu caminho – advertiu Deus. – Alerte o povo para que eles tomem juízo.

O povo não gostou do que Jeremias tinha a dizer, mas ainda assim ele entregou as mensagens de Deus.

Jeremias 1

A QUEDA DE JERUSALÉM

O último rei de Judá, Zedequias, tentou se rebelar contra Nabucodonosor, apesar dos avisos de Jeremias, e as forças poderosas da Babilônia vieram e acamparam do lado de fora de Jerusalém. Zedequias estava apavorado. Ele implorou a Jeremias por aconselhamento, e Jeremias lhe disse:

– Deus diz: "Se você se entregar, a sua vida será poupada e a cidade não será queimada. Mas se você não se entregar, a cidade será dada aos babilônios, eles a queimarão e você não escapará".

Mesmo nessa situação, Zedequias não escutou Jeremias. Ele tentou fugir no meio da noite. Porém, os babilônios os derrubaram e então destruíram a cidade completamente. Eles colocaram fogo no templo, no palácio, e em todas as casas, e o restante do povo foi levado embora como escravos. Eles tinham se recusado a ouvir a Deus e agora estavam sendo punidos.

II Reis 25; II Crônicas 36

CONQUISTADOS

Por tempo demais, o povo de Judá ignorou os avisos de Deus. Estava na hora de eles serem punidos. Assim como Jeremias havia alertado, Jerusalém sucumbiu ante o poderoso Nabucodonosor e seu exército, que estabeleceu um rei submisso e enviou todas as pessoas fortes e habilidosas para a Babilônia. Jeremias escreveu uma carta para confortá-los e dar-lhes esperança:

– Deus diz: "Quando 70 anos estiverem completados, eu vou trazer vocês de volta. Vocês orarão para mim, e eu escutarei. Vocês vão me buscar e me encontrarão quando procurarem com todo o seu coração, e eu os trarei de volta do cativeiro".

Jeremias 29

Mapa 12
C3

CONSOLO NO DESESPERO

Jerusalém estava destruída. Anos antes, o profeta Isaías sabia que isso aconteceria e ele tinha uma mensagem de esperança de Deus para os exilados:

– Console o meu povo – diz o seu Deus. – Fale mansamente a Jerusalém e diga-lhe que já pagou por seus pecados.

"Deus apascenta seu rebanho como um pastor. Ele reúne as ovelhas e as leva para perto de seu coração. Portanto, nunca acredite que ele não se importa com vocês. Deus dá força e poder para aqueles que o necessitam. Aqueles que colocam sua confiança em Deus voarão com asas feito águias."

Deus sabia que seus filhos aprenderiam da sua lição e então retornariam para casa com Deus ao seu lado. Mas, por enquanto, eles eram escravos num país estrangeiro.

Isaías 40

No Exílio e o Retorno a Jerusalém

VERDURAS E ÁGUA

Daniel estava no exílio vivendo na Babilônia, mas, por vir de uma boa família, tinha sido escolhido para viver no palácio real, onde ele e seus três amigos eram bem tratados e recebiam uma boa educação. Daniel perguntou se ele e seus amigos podiam comer verduras e água em vez da comida e do vinho do rei, pois Deus tinha proibido certos alimentos. O mordomo se preocupou com que eles ficassem fracos, porém, Daniel persuadiu o guarda a lhes dar verduras e água por dez dias e então ver qual seria a aparência deles. Quando eles ficaram mais saudáveis e em melhor forma do que os outros jovens, permitiram-lhes continuar. Após três anos, eles eram os mais inteligentes e sábios de todos os aprendizes. Daniel podia até interpretar sonhos. E assim eles foram escolhidos para serem conselheiros do próprio rei.

Daniel 1

Mapa 13
F5

O SONHO MISTERIOSO

Não muito tempo depois, o rei começou a ter sempre o mesmo sonho de novo. Ele estava tão preocupado que convocou todos os seus adivinhos e feiticeiros dizendo:

– Meu sonho está me preocupando. Digam-me o que ele significa.

Seus conselheiros pareciam intrigados. Eles lhe pediram para descrever o sonho, mas o rei queria que eles o decifrassem sozinhos e então lhe revelassem o significado.

– O que você pede é impossível! Somente os deuses poderiam fazer isso! – exclamaram os feiticeiros.

O rei ficou furioso, por isso ordenou que todos os seus conselheiros fossem executados, inclusive Daniel e seus amigos! Mas Daniel implorou por tempo para interpretar o sonho e então ele e seus amigos oraram a Deus. Naquela noite, o mistério foi revelado para ele.

Daniel 2

O SONHO EXPLICADO

No dia seguinte, ele explicou que o sonho predizia o futuro:

– Você viu uma estátua enorme e terrível. Sua cabeça era feita de ouro; seu peito e seus braços, de prata; sua cintura e seu quadril de bronze; suas pernas de ferro; e, seus pés, parte em ferro e parte em barro. Enquanto você observava, caiu um pedregulho, esmagando e destruindo os pés. Então a estátua se despedaçou, desaparecendo na poeira dissipada pelo vento. Mas a pedra se transformou numa montanha que cobriu a terra. Isto é o que ele significa: o poderoso reino da Babilônia é a cabeça de ouro e as outras partes da estátua são impérios por vir. Haverá outro império, depois outro, que governará a terra inteira. E depois ainda outro império emergirá, tão forte quanto o ferro, esmagando todos os anteriores. Todavia, ele será dividido, pois os pés foram feitos de ferro e de barro. Mas Deus estabelecerá outro reino que nunca será conquistado e que destruirá todos aqueles anteriores a ele. O reino de Deus nunca terminará. Ele é a pedra que se tornará uma montanha.

O rei, impressionado, declarou que o Deus de Daniel verdadeiramente era o maior e mais sábio; assim, fez de Daniel seu conselheiro-chefe.

Daniel 2

O IMPÉRIO BABILÔNICO

MAPA 13

IMPÉRIO BABILÔNICO
627 a.C.
Nabopolasar derrota a Assíria e estabelece o Império Neobabilônico.
585 a.C.
A Babilônia conquista Jerusalém e leva embora os judeus rumo à escravidão.
539 a.C.
A Babilônia é conquistada pelos persas.

Legendas do mapa:
- IMPÉRIO BABILÔNICO (Por volta de 560 a.C. - sombreado)
- Jardins Suspensos da Babilônia
- O Grande Zigurate de Ur
- Independência da Babilônia (627 a.C.)
- Torre de Babel
- Templo de Marduque

Regiões:
- IMPÉRIO HITTA
- ANATÓLIA (moderna Turquia)
- ASSÍRIA
- SÍRIA
- MESOPOTÂMIA (atual Iraque)
- ACADE (Bagdá)
- SUMER (Sinar)
- ELAM
- BABILÔNIA
- MÉDIA
- PÉRSIA (atual Irã)
- ARÁBIA
- Península Arábica
- ISRAEL
- MIDIÃ
- REINO DO EGITO
- CHIPRE

Cidades:
- Nínive (atual Mossul)
- Carquemis
- Ugarite
- Megido
- Jope
- Jerusalém
- Babilônia
- Ur
- Shushan (Susã)
- Mênfis
- Tebas

Hidrografia e geografia:
- Mar Cáspio
- Mar Negro
- Mar Vermelho
- Golfo Pérsico
- O Grande Mar
- Rio Tigre
- Rio Eufrates
- Rio Karun
- Rio Jordão
- Rio Nilo
- Montanhas Antitauro

50

O GRANDE ZIGURATE DE UR
Mapa 13 F5

O Grande Zigurate de Ur foi construído no início da Idade do Bronze (século XXI a.C.) em honra ao deus lua, Sin. Zigurates eram estruturas enormes construídas no vale mesopotâmico e platô iraniano ocidental. Essas pirâmides com terraços em degraus culminavam em um santuário e acreditava-se que faziam o povo ficar mais perto de Deus, física e espiritualmente.

OS JARDINS SUSPENSOS DA BABILÔNIA

Acredita-se que o rei Nabucodonosor II da Babilônia tenha construído os Jardins Suspensos para sua esposa, Amitis, que tinha saudades dos terrenos montanhosos e verdejantes de sua terra natal no Império Medo. Para agradar sua esposa, o rei ordenou a construção dos jardins em camadas contendo todo tipo de árvores, arbustos e trepadeiras. Os Jardins Suspensos da Babilônia foram uma das Sete Maravilhas do Mundo Antigo.
Mapa 13 F5

A TORRE DE BABEL

A Torre de Babel foi construída pelos descendentes de Noé, que queriam criar uma torre alta o bastante para alcançar o céu. Por causa do orgulho e da arrogância deles, Deus os fez incapazes de falar uns com os outros e, assim, a torre ficou inacabada. De acordo com registros antigos, as torres de templo babilônico eram quadradas ou retangulares e erigidas em etapas.

O TEMPLO DE MARDUQUE

O templo de Marduque, também chamado de Esagila, foi dedicado a Marduque, o deus protetor da Babilônia. Ele era, depois do palácio real e do Zigurate, o maior dos complexos arquitetônicos da Babilônia. Seu vasto pátio continha um pátio menor, um santuário central, imensas torres quadradas e terraços fortificados.
Mapa 13 F5

A ESCRITA NA PAREDE

Quando Belsazar, neto de Nabucodonosor, foi rei, ele deu um grande banquete e mandou buscar as taças de ouro e prata do templo sagrado em Jerusalém. Ele e seus convidados bebiam vinho das taças enquanto adoravam ídolos falsos que tinham criado. De repente, dedos de uma mão humana apareceram e começaram a escrever no reboco da parede. O rei ficou branco de terror e começou a tremer. Ele perguntou aos seus conselheiros o que a escrita esquisita significava, contudo, nenhum deles tinha uma pista.

Por fim, ele mandou chamar Daniel, que explicou a escrita com a ajuda de Deus:

– O rei Nabucodonosor era poderoso e orgulhoso, mas ele aprendeu que só Deus governa este mundo e escolhe quem vai ser rei. Você não aprendeu essa lição. O seu coração é duro e você está cheio de orgulho. Você não honra a Deus, que lhe deu tudo que você tem, mas usa as taças do templo sagrado de Deus e se inclina diante de ídolos falsos. Esta mão foi enviada por Deus. Ele escreveu: "Mene, Mene, Tequel, Parsim" e este é o significado dessas palavras: "Mene – Deus contou os dias do seu reinado; Tequel – você foi pesado na balança e achado em falta; Parsim – o seu reino será dividido".

Naquela mesma noite, Belsazar foi morto e Dario, o medo, assumiu o reino.

Daniel 5

Mapa 13 F5

A ARMADILHA SORRATEIRA

Dario ficou impressionado com Daniel, pois ele era sábio e honesto, e logo Dario o colocou a cargo de todo seu reino. Os outros oficiais ficaram com inveja. Eles sabiam que Daniel orava para Deus todos os dias em sua janela, então eles bolaram um plano.

– Vossa Majestade – disse um deles. – Nós redigimos uma nova lei. Ela declara que, nos próximos 30 dias, qualquer um que pedir qualquer coisa para qualquer deus ou homem, a não ser para você, nosso rei, será lançado na cova dos leões. Por favor, assine o seu nome para o decreto se tornar oficial e para que não possa ser alterado.

Então o rei assinou seu nome, pois não percebeu que eles estavam armando uma cilada para Daniel!

Daniel continuou orando assim como sempre tinha feito. Ele não parou de orar a Deus ou sequer escondeu o que estava fazendo. Seus inimigos contaram ao rei que Daniel estava desobedecendo à lei e exigiram que Daniel fosse lançado aos leões. Dario ficou triste, mas não teve alternativa.

Daniel 6

DANIEL NA COVA DOS LEÕES

Naquela noite, o rei não pregou os olhos. Ao raiar do dia, ele correu até a cova.

– Daniel! – ele gritou, mais de desespero do que de esperança. – O seu Deus foi capaz de salvar você?

Ele não pôde acreditar no que ouviu quando Daniel respondeu:

– Meu Deus enviou um anjo e fechou a boca dos leões. Eles não me machucaram, pois sou inocente. Eu nunca enganei Vossa Majestade!

O rei ficou exultante e mandou que tirassem Daniel imediatamente. Então ele ordenou que os próprios homens que o haviam enganado fossem lançados na cova, e, desta vez, os leões foram implacáveis.

Depois disso, Dario ordenou ao seu povo que respeitasse e honrasse o Deus de Daniel.

– Pois ele pode fazer coisas maravilhosas no céu e na terra e ele salvou Daniel do poder dos leões!

Daniel 6

Mapa 13
F5

RETORNO A JERUSALÉM

Quando Daniel já era um homem idoso, o rei Ciro assumiu o trono. Seu império persa se estendia por toda parte, mas Deus tocou seu coração, e o poderoso rei emitiu um decreto para que os exilados de Judá pudessem, ao menos, retornar para casa. Ele também mandou buscar os preciosos presentes tomados do templo de Deus havia tantos anos e os devolveu aos exilados, para que os levassem de volta.

Grande era a empolgação e a alegria entre o povo. Eles não conseguiam acreditar que estavam, finalmente, retornando para casa! Mas nem todos foram capazes de retornar para Jerusalém. A jornada seria longa e difícil, e levaria tempo para reconstruir o templo e a cidade. Somente os mais fortes e capacitados puderam ir.

Daniel foi um dos que ficaram para trás. Mas seu coração estava cheio de alegria quando viu seu povo pôr-se a caminho, cantando louvores a Deus e sorrindo, e ele deu graças a Deus por permitir que seu povo retornasse para casa e recomeçasse.

Esdras 1

MAPA 14

O Império Persa

REIS DA PÉRSIA
Ciro 559 – 530 a.C.
Cambises 530 – 522 a.C.
Dario 522 – 486 a.C.

Média, conquistada por Ciro em 550 a.C.

Império Babilônico, conquistado por Ciro em 539 a.C.

Egito, conquistado por Cambises, filho de Ciro, em 525 a.C.

- Império Persa sob Ciro, 530 a.C.
- Império Persa sob Cambises, 522 a.C.
- Império Persa sob Dario, 500 a.C.
- Império Assírio Antigo
- A Estrada Real

Localidades e regiões: MACEDÔNIA, GRÉCIA, CRETA, O Grande Mar, ÁSIA, LÍDIA, Sardes, ANATÓLIA, LÍCIA, CILÍCIA, Montanhas Tauro, CHIPRE, FENÍCIA, Sidom, Tiro, PALESTINA, Jerusalém, JUDEIA, EDOM, LÍBIA, SAARA, EGITO, Menfis, Tebas, Rio Nilo, Mar Vermelho, DESERTO DA ARÁBIA, Mar Negro, ARMÊNIA, ASSÍRIA, SÍRIA, Nínive, Assur, Rio Eufrates, Rio Tigre, BABILÔNIA, Babilônia, CALDEIA, Golfo Pérsico, ELAM, Susã, Montanhas de Zagros, MÉDIA, Mar Cáspio, Mar de Aral, PÉRSIA, Persépolis, SOGDIANA, BÁCTRIA, ÁRIA, PAROPÂMISO, DRANGIANA, ARACÓSIA, GEDRÓSIA, HINDU KUSH, Rio Indo, ÍNDIA, Mar Arábico

O REI ENFURECIDO

O rei Xerxes era o novo soberano da Pérsia. Aborrecido com sua esposa, a rainha Vasti, por sua desobediência, ele a mandou embora, então precisava de uma nova rainha. Ele mandou chamar todas as belas moças da nação para irem à capital Susã e, entre elas, escolheu uma adorável moça chamada Ester.

Mordecai, o primo de Ester, alertou-a a não contar ao seu novo marido que ela era judia. O próprio Mordecai foi trabalhar no palácio e conseguiu impedir um atentado para assassinar o rei ao entreouvir uma conversa secreta. O que tinha acontecido e o papel de Mordecai nessa história foi escrito nos registros oficiais, mas o rei se esqueceu de recompensar o homem que salvou sua vida!

Ester 1-2

A RAINHA CORAJOSA

O primeiro ministro do rei, Hamã, ficou furioso quando Mordecai se recusou a se curvar diante dele. Quando descobriu que Mordecai era judeu, ele decidiu punir não apenas ele, mas todos os judeus. Ele contou ao rei que havia uma raça de pessoas em seu império que não obedeciam às suas leis e persuadiu o rei a assinar um decreto afirmando que, num determinado dia, todos os judeus no império fossem mortos!

Quando Mordecai ficou sabendo do decreto, ele implorou a Ester que suplicasse em favor deles diante do rei. Ester ficou aterrorizada. Ir diante do rei sem uma convocação era passível de morte, mas Mordecai lhe disse que talvez Deus a tivesse tornado rainha justamente para que ela pudesse salvar o seu povo; então, ela se encheu de coragem.

Quando Xerxes a viu, ele sorriu e disse:

– Diga-me o que você quer e você terá!

Ester não ousou pedir a ele naquele instante, mas o convidou com Hamã para um banquete.

Ester 3-5

Mapa 14
F4

HAMÃ É PUNIDO

No dia seguinte, Hamã, furioso com a recusa de Mordecai em se prostrar, decidiu que daria um jeito de mandar executar o homem e naquela noite ele foi pedir permissão ao rei. Mas quando ele falou com o rei, ficou horrorizado ao saber que o rei desejava homenagear Mordecai, tendo descoberto como ele havia salvado sua vida no passado.

No banquete da rainha, as coisas só ficaram piores, pois a corajosa Ester finalmente contou ao rei que alguém tinha providenciado o massacre de seu povo e ela o implorava para salvá-los. Quando Xerxes descobriu que Hamã era o responsável, ele ordenou sua execução no ato.

Ester 5-7

ARMEM-SE!

Entretanto, o perigo não tinha acabado, pois um decreto cunhado com o selo real não podia ser modificado. Mas o rei fez outra proclamação, afirmando que todos os judeus podiam se armar e, se atacados, podiam revidar e destruir os atacantes e pegar todas as posses deles.

Então, quando os seguidores de Hamã tentaram massacrar o povo judeu, os judeus contra-atacaram e os destruíram. Os filhos de Hamã foram enforcados e por todo o território os inimigos dos judeus foram destruídos. O povo judeu foi salvo do extermínio e, todo ano, os judeus celebram o festival de Purim em memória e gratidão.

Ester 8-9

A TAREFA À FRENTE

Reconstruir Jerusalém era uma tarefa longa e difícil. Quando os primeiros exilados retornaram, os muros e as construções estavam arruinados, e o templo sagrado não era mais que um amontoado de entulho. Eles montaram um altar no local onde uma vez havia sido o templo, para que pudessem adorar a Deus adequadamente, mas alguns ficaram desanimados com a tarefa à frente e, quando os habitantes locais tornaram as coisas difíceis para eles, a obra se interrompeu.

Mas Deus enviou profetas para animar o seu povo e o trabalho começou no templo mais uma vez. Por fim, ele foi concluído e todos deram graças a Deus.

Esdras 3-5

NEEMIAS EM JERUSALÉM

O templo pode ter sido reconstruído, mas os muros de Jerusalém ainda estavam em ruínas. Quando Neemias, um judeu exilado na Babilônia, soube disso, ele conseguiu permissão do rei para retornar e ajudar com a reconstrução da cidade.

Quando ele chegou, andou em volta dos muros. Em alguns pontos, havia tanto entulho que seu jumento não conseguia passar. Na manhã seguinte, ele foi até os líderes e disse:

– Isso é uma desgraça! Precisamos reconstruir os muros e fazer novos portões. Deus respondeu minhas orações quando queria retornar e ele nos ajudará agora!

E assim começou o trabalho nos muros da cidade.

Neemias 1-2

Mapa 14
C4

RECONSTRUINDO OS MUROS

Os samaritanos tentaram impedir os judeus de reconstruir os muros da cidade, mas Neemias se manteve firme e disse ao povo para não se preocupar, pois Deus estava com eles. Trabalhando com armas ao seu lado, e desde o raiar do dia até surgirem as estrelas, eles concluíram os muros em 52 dias. A cidade estava protegida!

Então Neemias e o profeta Esdras reuniram o povo. Por duas semanas, Esdras ensinou os líderes mais sobre a lei de Deus, e então o povo se reuniu outra vez para fazer uma promessa solene a Deus, de que obedeceriam às suas leis. Por fim, eles compreenderam o quanto tinham decepcionado profundamente a Deus. Agora, planejavam honrá-lo e cumprir sua parte na aliança.

Neemias 8-10

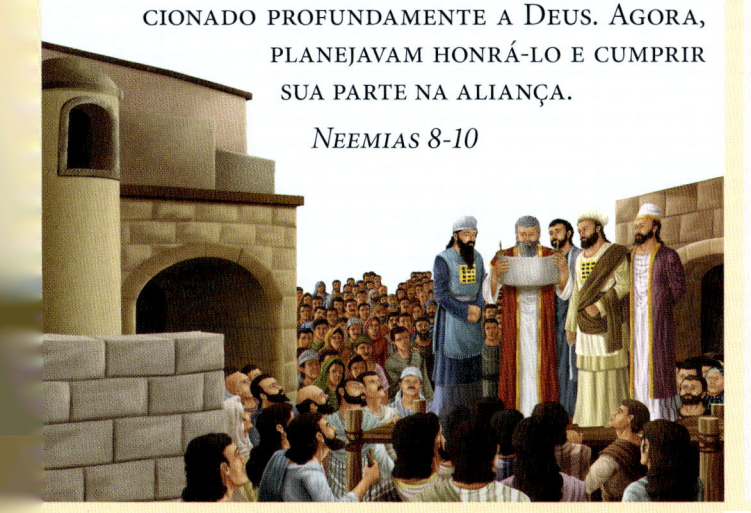

UM MENSAGEIRO ESTÁ CHEGANDO

Anos se passaram desde o retorno a Jerusalém. A princípio, todos estavam cheios de boas intenções, mas as coisas começaram a se desviar. Eles não compreendiam o quanto tinham de ser agradecidos. Deus enviou Malaquias para eles:

– Vocês reclamam que Deus não os está abençoando. Contudo, vocês pararam de amá-lo de todo o seu coração. Amem e honrem a Deus, então vocês receberão a bênção completa dele. Um dia, ele enviará um mensageiro para preparar o caminho. Ele será como um fogo ardente que consome tudo que é impuro, deixando para trás somente aqueles que adorarão a Deus adequadamente. O julgamento de Deus virá sobre aqueles que fazem o mal. Mas aqueles de vocês que lhe obedecerem sentirão o seu poder brilhar em vocês como os acolhedores raios do sol!

O povo de Israel agora sabia que um dia um mensageiro poderoso viria preparar o caminho para o Senhor!

Malaquias 1-4

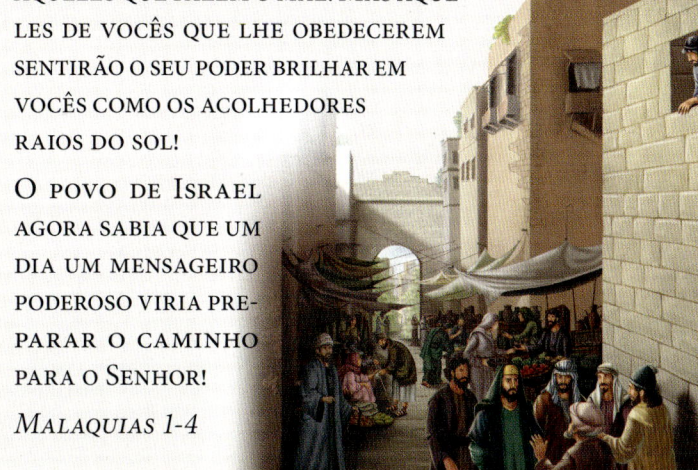

MAPA 15

Alguns Eventos-Chave do Velho Testamento

O Grande Mar

Mar da Galileia

Mar Morto (Mar Salgado)

Rio Jordão

- Sidom (mais ao norte) – Elias ajuda a viúva e seu filho.
- 480 quilômetros até Harã – Jacó trabalha para Labão; casa-se com Lia e Raquel.
- Monte Carmelo – Disputa de Elias com os profetas de Baal.
- Israel do Norte – Reino do Norte deportado para Assíria.
- Débora e Baraque derrotam Sísera.
- Eliseu traz à vida o filho de uma mulher sunamita.
- Endor – Saul consulta uma médium.
- Canaã – Os juízes governam a nação.
- O assassinato de Saul e Jônatas.
- Israel – Saul se torna o primeiro rei de Israel, o reino cresce sob o reinado de Davi; a nação se divide em duas.
- Gideão derrota os midianitas.
- José é vendido como escravo.
- Corvos alimentam Elias.
- A Lei lida entre duas montanhas.
- Absalão é morto.
- Jacó luta com um anjo.
- Siló – Deus convoca Samuel.
- Betel – a visão de Jacó.
- O pecado de Acã causa derrota.
- Jope – Jonas é engolido por um peixe.
- Bete-Horom – O sol se detém.
- Jericó – a cidade é destruída.
- Moabe até Belém – Rute e Boaz.
- Socó – Davi mata Golias.
- Hebrom – Davi se torna rei.
- Filístia – Sansão luta com os filisteus.
- Jerusalém – Salomão constrói o templo. Josias descobre o Livro da Lei. Cerco e queda de Jerusalém. O retorno de Esdras e Neemias. Jerusalém é reconstruída.
- Moisés avista a terra prometida antes de morrer.
- Jacó trapaceia Esaú para obter o seu direito de primogênito.
- José se torna o governador do Egito. A família de Jacó se estabelece em Gósen.
- Sodoma – Deus destrói Sodoma e Gomorra.

Locais: Cades, Hazor, Golã, Monte Carmelo, Monte Tabor, Endor, Suném, Edrei, Dotã, Monte Gilboa, Jabes-Gileade, Ramote-Gileade, Samaria, Monte Ebal, Siquém, Monte Gerizim, Maanaim, Peniel, Siló, Ofra, Betel, Mizpá, Ai, Gilgal, Jericó, Rabá, Bete-Horom, Gibeá, Jerusalém, Sitim, Hesbom, Bezer, Socó, Adulão, Belém, Monte Nebo, Jaza, Hebrom, Gaza, Gerar, Ziclague, Aroer, Berseba, Arade, Horma, Quir-Haresete, Sodoma (possível localização), Egito, Jope

Regiões: CANAÃ, FILISTEUS, AMALEQUITAS, AMORITAS, MOABITAS

56

Eventos-Chave do Velho Testamento

DEUS DESTRÓI SODOMA

No período de Abraão, o povo havia se desviado de Deus e recaído em seus maus hábitos.

Havia duas cidades particularmente perversas: Sodoma e Gomorra. Deus prometeu a Abraão que ele pouparia Sodoma, lugar em que Ló, sobrinho de Abraão, tinha feito seu lar, se houvesse ao menos dez pessoas boas na cidade. Mas quando ele enviou anjos à cidade, somente Ló e sua família foram considerados merecedores.

Os anjos conduziram Ló, sua esposa e suas duas filhas em segurança, alertando-os para não olhar para trás enquanto o Senhor fizesse chover fogo e destruição no lugar perverso. Mas a esposa de Ló não conseguiu resistir e olhou para trás. Quando o fez, transformou-se em uma estátua de sal. Somente Ló e suas duas filhas escaparam da devastação.

Gênesis 18-19

Mapa 15 F8

O TRATADO DE PAZ

Os muros de Jericó caíram para o poder de Deus, e o povo das redondezas de Gibeão temiam por sua vida. Eles decidiram enganar os israelitas fazendo-os assinar um tratado de paz, fingindo terem vindo de uma terra bem distante e enviando mensageiros vestidos em roupas esfarrapadas, com pão velho e odres vazando água para mostrar por quanto tempo eles tinham viajado.

Josué caiu na cilada e não parou para pedir o conselho de Deus. Em vez disso, ele redigiu um tratado de paz com os homens de Gibeão ali mesmo e fez um juramento de mantê-lo.

Quando ficaram sabendo da verdade, os israelitas ficaram furiosos, mas tinham feito juramento no nome de Deus e não podiam voltar atrás em sua palavra.

Josué 9-10

Mapa 15 D5

O SOL E A LUA SE DETÊM

Josué e seu exército de israelitas tinham ido ajudar os seus aliados, o povo de Gibeão. Eles marcharam noite adentro e pegaram seus inimigos de surpresa. Do começo ao fim da batalha, Deus estava ao lado deles. Ele enviou grandes granizos para caírem no inimigo, e logo Josué tomou conhecimento de que os israelitas estavam vencendo, mas ele também sabia que a noite viria antes que pudessem terminar a batalha!

Então Josué bradou:

– Sol, detenha-se sobre Gibeão, e você, lua, sobre o Vale de Aijalom!

Deus escutou Josué e fez o sol e a luz se deterem até Josué e seus homens terem vencido a batalha!

Josué 10

Mapa 15 C5

DÉBORA E JAEL

No período dos juízes, os israelitas sofreram sob o ataque do rei Jabim de Hazor. Uma sábia mulher chamada Débora disse a Baraque, um soldado, para reunir um exército, pois Deus tinha prometido que o general Jabim e seus soldados seriam entregues em suas mãos. Baraque concordou em ir, mas somente se Débora também fosse!

Os israelitas encontraram o general Sísera nas encostas do Monte Tabor e, com a ajuda de Deus, mataram seu exército inteiro! Mas Sísera escapou e se escondeu na tenda de um dos aliados do rei. Ali uma mulher chamada Jael lhe deu uma bebida e um lugar para descansar, porém, assim que ele adormeceu, ela o matou, pois secretamente odiava Sísera e seu exército!

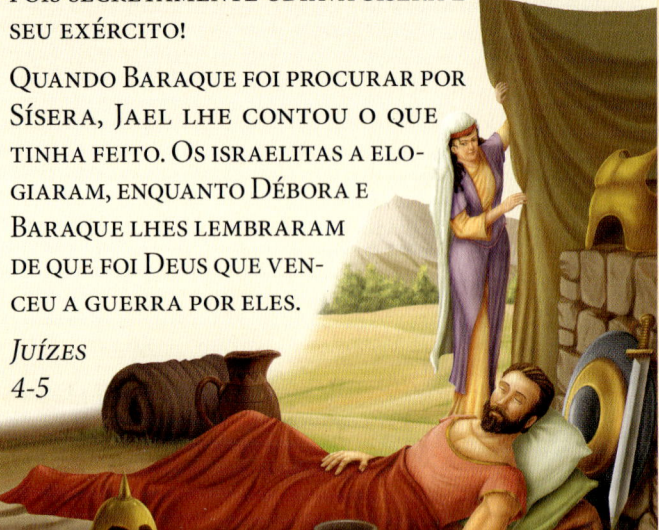

Quando Baraque foi procurar por Sísera, Jael lhe contou o que tinha feito. Os israelitas a elogiaram, enquanto Débora e Baraque lhes lembraram de que foi Deus que venceu a guerra por eles.

Juízes 4-5

GIDEÃO E OS 300

Gideão foi convocado por Deus para resgatar os israelitas dos midianitas. Muitos milhares de homens foram lutar com ele, mas Deus disse que havia homens demais. Ele fez Gideão mandar embora todos os que estavam com medo; depois, ele mandou Gideão só ficar com aqueles que bebessem água do rio levando a mão à boca. E assim apenas restaram 300 homens!

Gideão ficou com medo quando olhou para o acampamento inimigo, mas Deus lhe mostrou que seu inimigo estava com tanto medo quanto ele. Naquela noite, Gideão deu a todos os seus homens trombetas e potes vazios com tochas lá dentro e os conduziu até o acampamento inimigo. Lá eles tocaram as trombetas, quebraram os potes e berraram alto. O barulho e a luz repentina surpreenderam tanto os midianitas que o acampamento ficou uma confusão e os soldados fugiram de terror, esbarrando uns nos outros de assustados!

Dessa maneira, Gideão derrotou os midianitas com apenas 300 homens! Todos sabiam que a vitória tinha vindo do poder de Deus e não do poder dos homens.

Juízes 7

Mapa 15 D3

A FIEL RUTE

Mapa 15 C6

Noemi estava se mudando de volta para sua terra natal em Belém. Seu marido e seus filhos tinham falecido e, embora ela amasse suas duas noras ternamente, implorou a elas para ficarem ali, pois ela sabia que sua vida seria difícil. Orfa relutantemente concordou em voltar para casa de sua mãe, mas a leal Rute disse:

– Não me peça para partir! Eu irei aonde você for. O seu povo será o meu povo e o seu Deus será o meu Deus.

Então Rute e Noemi foram para Belém. Em pouco tempo, elas não tinham mais comida e Rute saiu aos campos e pediu ao dono das terras se podia apanhar um pouco da cevada que seus trabalhadores deixavam para trás durante a colheita. O dono era Boaz. Ele gentilmente permitiu a Rute trabalhar em seus campos e disse aos seus servos para compartilharem a comida com ela. Quando Rute retornou com um cesto de comida, Noemi sabia que Deus estava cuidando delas, pois Boaz era um parente seu.

Depois de um tempo, Rute e Boaz se casaram e, quando eles tiveram um filho, não havia mulher mais feliz em toda a Belém do que Noemi!

Rute 1-4

SANSÃO, O HOMEM FORTE

Sansão era o mais forte homem vivo. Desde seu nascimento, seu cabelo nunca tinha sido cortado – era um sinal de que ele pertencia a Deus de uma maneira muito especial. Um dia, Sansão foi atacado por um leão (dos leões violentos que vagavam na terra de Canaã). Sansão estava cheio do espírito do Senhor e ficou tão forte, que foi capaz de matar a fera com suas próprias mãos!

Sansão era uma pedra no sapato dos filisteus, que tinham escravizado os israelitas por 40 anos. Embora nunca tenha liderado um exército, efetuou muitos ataques contra eles. Mas quando ele se apaixonou por Dalila, uma bela mulher filisteia, eles a subornaram para descobrir o segredo da força de Sansão.

Noite após noite, Dalila implorava para Sansão lhe contar seu segredo. Por fim, ela o venceu pelo cansaço e ele disse:

– Se alguém cortar o meu cabelo, então eu perderei toda a minha força.

Quando Sansão acordou, descobriu-se que os filisteus tinham entrado em seu aposento e cortado o seu cabelo. E agora ele estava fraco, tanto que eles conseguiram amarrá-lo, depois cegaram-no e o lançaram numa prisão!

Com o passar do tempo, o cabelo de Sansão voltou a crescer. Um dia, os governantes filisteus estavam todos reunidos para um banquete num templo lotado. Sansão foi levado para lá para ser ridicularizado. Ele foi acorrentado entre dois pilares centrais do templo. Então Sansão orou a Deus com todo o seu coração:

– Dê-me a força só mais uma vez, meu Senhor, para que eu possa me vingar de meus inimigos!

E mais uma vez Sansão ficou repleto de força. Ele empurrou os pilares com toda a força e eles tombaram. O templo desmoronou, matando todos lá dentro. Sansão matou mais de seus inimigos com esse ato final do que ele tinha matado durante toda a sua vida!

Juízes 13-16

SAMUEL, O PROFETA

Ana ansiava ter um filho, mas seus esforços eram inúteis. Certo ano, quando visitava o templo, ela chorou de tristeza e fez uma oração silenciosa a Deus:

– Ah, Senhor, se você me abençoar com um filho, prometo devolvê-lo ao Senhor, para que ele o sirva por toda a sua vida!

Quando o sacerdote Eli viu Ana, ele a mandou gentilmente seguir seu caminho e disse:

– Que Deus possa atender a sua oração.

Nove meses depois, ela deu à luz um menino e o chamou de Samuel. Quando estava crescido o bastante, ele foi servir a Eli. Certa noite, Samuel acordou num sobressalto quando ouviu chamarem o seu nome. Ele correu até o quarto de Eli, mas o sacerdote o mandou de volta para cama dizendo:

– Eu não o chamei, filho.

Mas Samuel mal voltara a puxar as cobertas quando ouviu chamarem seu nome outra vez. Da mesma maneira que antes, ele correu até o sacerdote; porém, novamente, Eli o mandou embora. Isso aconteceu mais uma vez até que Eli percebeu que quem estava realmente chamando Samuel era Deus! E, assim, na vez seguinte em que Samuel ouviu a voz, ele respondeu, e Deus falou com ele!

Conforme Samuel crescia, Deus muitas vezes falava com ele e, com o passar do tempo, o povo escutou o que Samuel tinha a dizer. Ele se tornou o profeta famoso que ungiu Saul, o primeiro rei de Israel.

I Samuel 1-3

ELIAS E OS CORVOS

Elias foi outro dos profetas de Deus, na época em que Israel era governada pelo perverso rei Acabe e sua esposa Jezabel. Elias advertiu Acabe de que Deus estava zangado e enviaria uma seca à nação. E aconteceu como ele disse, mas Deus mandou Elias se esconder ao leste do rio Jordão. Lá, corvos lhe traziam pão e carne, e ele bebia do riacho.

I Reis 17

Mapa 15
F3

ELIAS E A VIÚVA

Quando o riacho secou, Deus mandou Elias para Sidom, onde uma bondosa viúva o ajudou mesmo tendo apenas um punhado de trigo e um pingo de azeite restando para fazer uma última refeição para ela e seu filho. Elias lhe disse para assar um pãozinho para ele e prometeu que, enquanto a seca durasse, o trigo e o azeite nunca acabariam, e aconteceu como ele disse – sempre havia um pouco de trigo e azeite restando para a próxima refeição.

Mas um dia o menino ficou doente e então parou de respirar. A viúva ficou angustiada. Elias levou o menino para seu quarto e lá clamou para Deus. Deus ouviu o lamento de Elias e a vida do menino retornou a ele. A viúva ficou cheia de gratidão e temor e disse:

– Agora sei que você é verdadeiramente um homem de Deus e que a palavra que você prega é a verdade!

I Reis 17

Mapa 14
C4

ELIAS E OS SACERDOTES DE BAAL

Por anos não chovia e havia fome por toda parte da nação. Elias persuadiu o rei Acabe a reunir o povo de Israel e os profetas de Baal no Monte Carmelo e ele propôs um teste para que eles soubessem quem era o verdadeiro Deus de Israel. Tanto ele quando os profetas de Baal prepararam um touro para sacrificar. Então cada qual clamaria ao seu deus para responder com fogo!

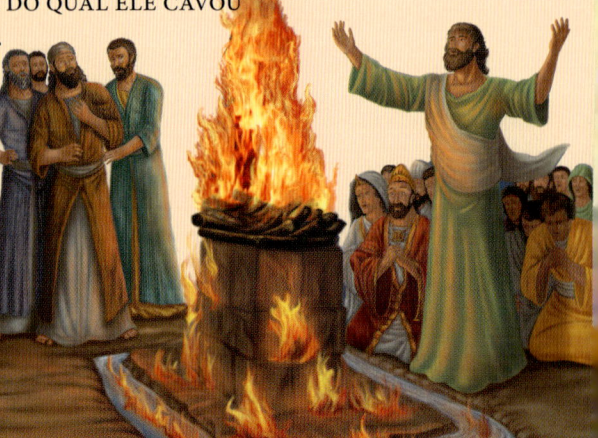

Os canaanitas adoravam Baal – um deus da tempestade a quem se atribuía o controle da fertilidade da terra, dos animais e das pessoas da região.

Os vários sacerdotes de Baal prepararam o touro e então clamaram ao seu deus para enviar fogo. Eles oraram e rasgaram suas vestes, mas nada aconteceu.

– Talvez Baal não tenha ouvido vocês – zombou Elias. – Tentem com mais vontade!

Contudo, por mais esforço que pudessem fazer, não havia resposta e, por fim, eles caíram no chão de exaustão.

Então, Elias usou 12 pedras para construir um altar, ao redor do qual ele cavou uma valeta. Ele preparou o touro e o deitou sobre a lenha. Depois, ele pediu ao povo que encharcasse o sacrifício e a lenha com água até que a valeta estivesse cheia. Ele orou a Deus diante do povo e o fogo do Senhor consumiu o sacrifício, a lenha, as pedras e até mesmo a água!

O povo caiu de joelhos.

– O Senhor é Deus! – eles gritaram.

Elias se certificou de que os profetas de Baal fossem pegos e mortos e, ao anoitecer, as chuvas vieram e a fome chegou ao fim.

I Reis 18

Mapa 15
C2

ELIAS MANTÉM A TRADIÇÃO

Quando Elias morreu, seu discípulo Eliseu herdou seu espírito e continuou sua obra. Certa vez, uma mulher que tinha sido bondosa com ele estava triste porque não tinha filhos. Eliseu prometeu a ela que dentro de um ano ela teria um filho, e aconteceu assim como ele disse.

Mas, certo dia, o menininho ficou doente e morreu nos braços de sua mãe. A mulher deixou o menino deitado em sua cama como se dormisse, não falou com ninguém, e então foi até Eliseu. Cheia de angústia, ela o repreendeu por um dia ter pedido a Deus para lhe dar um filho.

Eliseu foi com ela de volta até sua casa, entrou no quarto do menino sozinho e orou a Deus. Ele se deitou ao lado do menino para aquecer seu corpo, caminhou pra lá e pra cá dentro do quarto e então o aqueceu novamente.

De repente, o menino espirrou! Ele espirrou sete vezes e então abriu os olhos!

Eliseu chamou a mulher para entrar e ela pegou seu filho nos braços! Sua gratidão em relação a Eliseu e a Deus foi imensurável.

Juízes 7

Mapa 15 D3

JONAS E O GRANDE PEIXE

Jonas era um profeta, mas quando Deus o enviou para Nínive para dizer ao povo lá que Deus destruiria a cidade deles se não se arrependessem de suas práticas, Jonas não quis ir. O povo de Nínive era inimigo dos judeus, e Jonas achava que eles mereciam ser punidos. Então, em vez de ir, ele embarcou num navio em Jope para a direção oposta.

Mas logo uma tempestade terrível se formou de repente. Certos de que naufragariam, os marinheiros tiraram no palito para ver quem deles tinha enfurecido os deuses. Quando Jonas pegou o palito curto, ele teve de dizer a eles que estava fugindo de Deus. Ele percebeu o quanto tinha sido perverso e insistiu que os marinheiros o jogassem ao mar – e assim que eles o fizeram, a tempestade acabou.

Mapa 15 B5

Jonas afundou sob as ondas, mas foi engolido inteiro por um enorme peixe. Ele passou três dias e três noites dentro do ventre do peixe. Jonas teve muito tempo para refletir sobre seus erros e se arrependeu por ter desobedecido a Deus. Ele orou para Deus, agradecendo-lhe por livrá-lo do mar e fazendo-o saber o quanto se sentia arrependido.

Após três dias, Deus ordenou ao peixe para cuspir Jonas ileso em terra seca. E quando Deus mais uma vez pediu a ele para levar sua mensagem a Nínive, Jonas estava pronto para fazer sua vontade.

Jonas 1-2

De muitas formas, a história de Jonas e o grande peixe anteveem a vida de Jesus. Em particular, o fato de que Jonas emerge do peixe após três dias prenuncia a ressureição, pois Jesus ressuscitou no terceiro dia.

MAPA 16
A Vida de Jesus

1. Belém – O nascimento de Jesus (Lucas 2); Jerusalém – Simão e Ana conhecem o bebê Jesus (Lucas 2)
2. A família foge para o Egito, massacre das crianças em Belém (Mateus 2); A família viaja de Nazaré para Jerusalém para comemorar a Páscoa (Lucas 2); Nazaré – Jesus é rejeitado (Marcos 6; Lucas 4)
3. Rio Jordão – Jesus é batizado (Mateus 3; Marcos 1; Lucas 3)
4. Galileia – Jesus caminha sobre a água (Mateus 14; Marcos 6; João 6); Jesus liberta um homem possuído por demônio; Jesus cura o servo do centurião e a sogra de Simão Pedro (Mateus 8; Marcos 1; Lucas 4)
5. Mar da Galileia – Pescando homens (Mateus 4; Marcos 1; Lucas 5)
6. Caná – Jesus transforma água em vinho na festa de casamento; Jesus expulsa agiotas do templo em Jerusalém (João 2); Jesus acalma a tempestade (Mateus 8; Marcos 4; Lucas 8).
7. Samaria – A mulher no poço (João 4)
8. Margem do lago perto de Cafarnaum – O Sermão do Monte (Mateus 5; Lucas 6)
9. Monte Hermon/Cesareia de Filipe – A transfiguração de Jesus (Mateus 17; Marcos 9; Lucas 9)
10. Jericó – O cego Bartimeu (Mateus 20; Marcos 20; Lucas 18).
11. Betânia – Jesus é ungido com perfume caro (Mateus 26; Marcos 14; João 12); Lázaro é ressuscitado dos mortos (João 11).
12. Jerusalém – A cura no tanque (João 5); Jesus entra em Jerusalém (Domingo de Ramos) (Mateus 21; Marcos 11; Lucas 19; João 12)
13. Getsêmani – Uma noite de oração (Mateus 26; Marcos 14; Lucas 22; João 17) Jesus é preso, julgado, espancado, sentenciado a ser crucificado (Mateus 26-27; Marcos 14-15; Lucas 22-23; João 18-19)
14. Gólgota – Jesus carrega a cruz e é crucificado (Mateus 27; Marcos 15; Lucas 23; João 19) Jesus ressuscita do túmulo (Mateus 28; Marcos 16; Lucas 24; João 20) Colina do lado de fora de Jerusalém – A ascensão (Marcos 16; Lucas 24; Atos 1)

A Vida de Jesus

MARIA É ESCOLHIDA POR DEUS

Maria vivia em Nazaré, na Galileia, e era noiva de José, um carpinteiro cuja família descendia do rei Davi. Um dia, ela recebeu a visita do anjo Gabriel, pois Deus a tinha escolhido para uma honra muito especial:

– Você dará à luz um filho e o chamará de Jesus. Ele será chamado de o Filho de Deus e o reino dele nunca terminará!

Tomada de espanto, Maria perguntou:

– Como pode isso acontecer? Não sou sequer casada!

– Tudo é possível para Deus – respondeu o anjo. – O Espírito Santo virá sobre você, e o seu filho será o próprio filho de Deus.

Maria inclinou sua cabeça humildemente dizendo:

– Que seja feita a vontade de Deus.

Lucas 1

Mapa 16 D3

NASCE JESUS

Naquela época, o imperador de Roma ordenou um recenseamento. O Império Romano estava no auge de seu poder e cobria uma ampla área, e o imperador queria se certificar de que controlava cada um de seus súditos. Todas as pessoas de toda parte das terras governadas por Roma tinham que ir até a sua terra natal para serem contadas.

Maria e José tinham que viajar até Belém. Quando chegaram, a cidade estava lotada. Toda hospedaria estava lotada, e eles passaram a noite num estábulo, onde Maria deu à luz seu bebê. Ela o chamou de Jesus e o deitou numa manjedoura para dormir.

Os pastores de ovelhas nas colinas acima de Belém foram visitados por um anjo do Senhor. Ele os enviou até Belém para verem o novo Salvador, o Messias, que tinha nascido naquela noite. Os pastores se apressaram para ir a Belém, onde encontraram Jesus e se ajoelharam maravilhados diante dele. Eles mal podiam esperar para contar a todos sobre aquele bebê especial e as notícias maravilhosas!

Lucas 2

Mapa 16 C6

A ESTRELA BRILHANTE

Numa terra distante bem para o oriente, magos vinham estudando as estrelas. Quando uma estrela muito brilhante foi descoberta, eles a seguiram por todo o caminho até a Judeia, pois acreditavam que ela era um sinal de que um grande rei tinha nascido. Quando o rei Herodes descobriu que eles estavam procurando o futuro rei dos judeus, pediu-lhes que eles o visitassem em seu retorno, para contar onde o bebê estava.

Os magos seguiram a estrela até Belém e lá encontraram o bebê Jesus numa casa humilde. Eles se ajoelharam diante dele e o presentearam com ouro, incenso e mirra antes de retornarem para casa. Mas eles não pararam no palácio de Herodes porque Deus os alertara num sonho para não ir lá.

Quando o zangado Herodes então ordenou aos seus próprios homens a procurarem o bebê e o matarem, um anjo avisou José. Ele levou Maria e Jesus para o Egito, onde ficaram até que fosse seguro retornar a Nazaré, local em que Jesus cresceu.

Mateus 2

MAPA 17

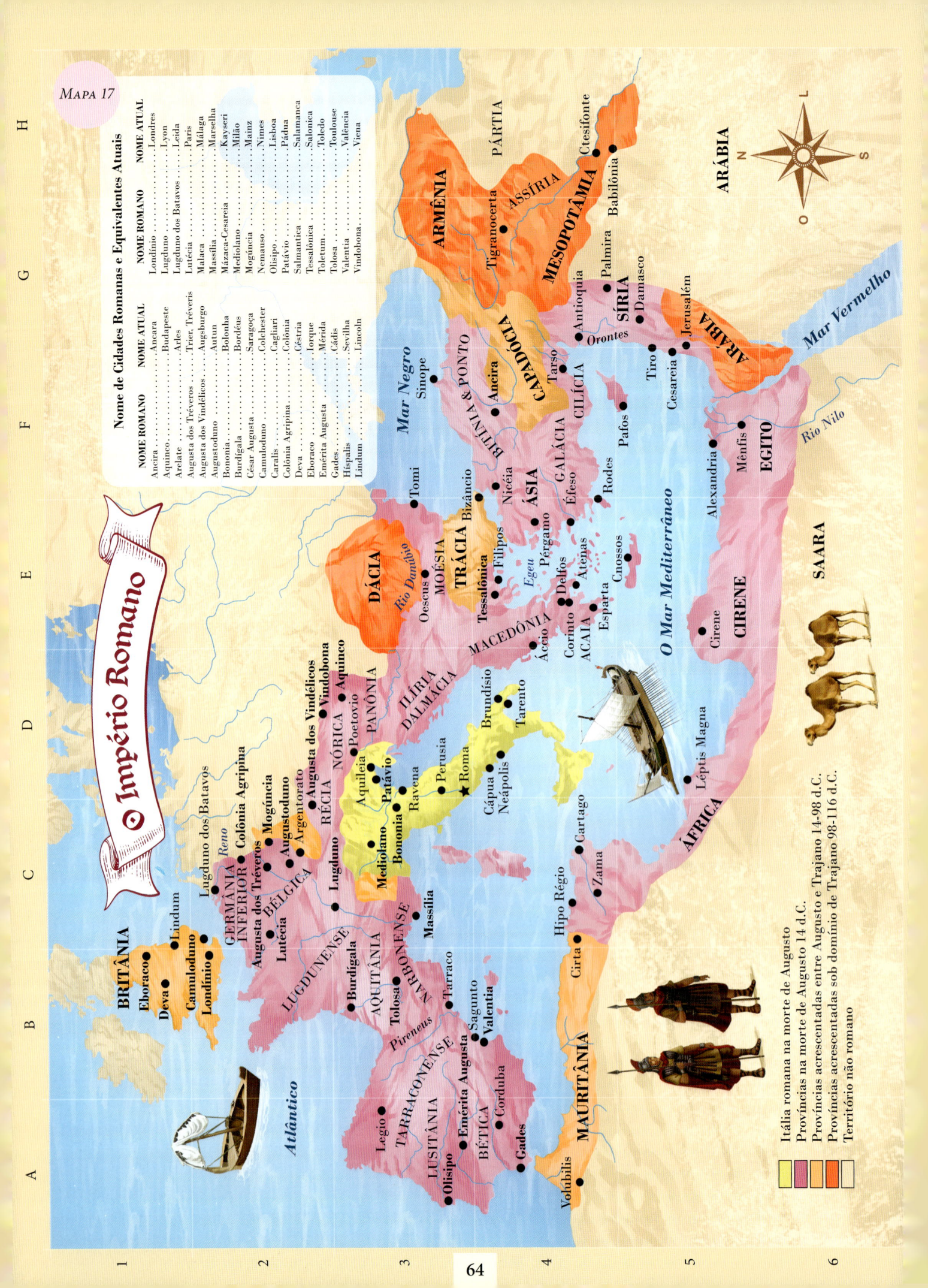

O Império Romano

Nome de Cidades Romanas e Equivalentes Atuais

NOME ROMANO	NOME ATUAL
Ancira	Ancara
Aquinco	Budapeste
Arelate	Arles
Augusta dos Tréveros	Trier, Tréveris
Augusta dos Vindélicos	Augsburgo
Augustoduno	Autun
Bononia	Bolonha
Burdigala	Bordéus
César Augusta	Saragoça
Camuloduno	Colchester
Caralis	Cagliari
Colônia Agripina	Colônia
Deva	Cástria
Eboraco	Iorque
Emérita Augusta	Mérida
Gades	Cádis
Hispalis	Sevilha
Lindum	Lincoln

NOME ROMANO	NOME ATUAL
Londínio	Londres
Lugduno	Lyon
Lugduno dos Batavos	Leida
Lutécia	Paris
Malaca	Málaga
Massília	Marselha
Mázaca-Cesareia	Kayseri
Mediolano	Milão
Mogúncia	Mainz
Nemauso	Nimes
Olisipo	Lisboa
Patávio	Pádua
Salmantica	Salamanca
Tessalônica	Salônica
Toletum	Toledo
Tolosa	Toulouse
Valentia	Valência
Vindobona	Viena

Legenda:
- Itália romana na morte de Augusto
- Províncias na morte de Augusto 14 d.C.
- Províncias acrescentadas entre Augusto e Trajano 14-98 d.C.
- Províncias acrescentadas sob domínio de Trajano 98-116 d.C.
- Território não romano

JESUS É BATIZADO

João, primo de Jesus, estava vivendo no deserto quando Deus o convocou. Ele vestia roupas feitas de pele de camelo e vivia de gafanhotos e mel silvestre. Deus queria que João preparasse o povo para a vinda de seu filho, então João viajou por toda parte da nação pregando ao povo. Ele explicou que eles precisavam se arrepender e mudar suas atitudes. Muitos ficaram arrependidos de verdade, e João os batizava no rio Jordão, como um sinal de que seus pecados tinham sido purificados e que podiam fazer um recomeço.

Naquele período, Jesus foi de Nazaré ao rio Jordão, local em que João estava pregando. João sabia imediatamente que aquele era o rei prometido, o Cordeiro de Deus. Então, quando Jesus pediu que ele o batizasse, João ficou surpreso e disse:

– Eu é que deveria pedir para *você* me batizar!

Mas Jesus insistiu.

Assim que Jesus estava saindo da água, os céus se abriram e o Espírito desceu na forma de uma pomba sobre ele. Então, uma voz dos céus disse:

– Este é o meu filho amado, em quem me comprazo.

Mateus 3; Marcos 1; Lucas 3

Mapa 16
D4

A TENTAÇÃO NO DESERTO

Mapa 16
D3

Jesus passou 40 dias e noites no deserto quente e seco para ser tentado. Ele não comeu nada. O diabo foi até ele e disse:

– Se você é o filho de Deus, por que não diz a estas pedras para se transformarem em pão?

Jesus calmamente respondeu:

– Está escrito: "Nem só de pão viverá o homem, mas de toda a palavra que procede da boca de Deus".

Jesus sabia que aquele alimento não era a coisa mais importante.

O diabo levou Jesus para o alto de um templo e lhe disse para se jogar dali, pois certamente os anjos o salvariam. Jesus disse:

– Também está escrito: "Não tentará o Senhor seu Deus".

E, do alto de uma montanha, o diabo ofereceu a ele todos os reinos do mundo se Jesus se curvasse e o adorasse. Mas Jesus respondeu:

– Afaste-se de mim, Satanás! Pois está escrito: "Ao Senhor Deus adorará, e só a ele servirá".

Quando o diabo percebeu que não podia tentar Jesus, desistiu e o deixou, e Deus enviou seus anjos até Jesus para ajudá-lo a se recuperar.

Mateus 4; Marcos 1; Lucas 4

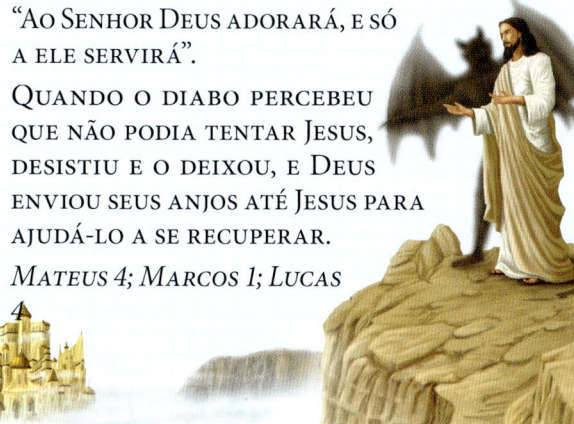

PESCANDO HOMENS

Jesus retornou para a Galileia e começou a pregar. A palavra logo se espalhou e as pessoas viajavam para ouvi-lo. Certo dia, nas margens do Lago da Galileia, a multidão era tão grande que Jesus perguntou ao pescador se ele podia levá-lo em seu barco e se afastar um pouco da margem, para que todos pudessem vê-lo. Depois disso, Jesus disse a Simão, o pescador, para levar o barco para mais adiante e lançar suas redes.

– Mestre – respondeu Simão –, estávamos fora a noite inteira e não pegamos nada. Mas se você diz assim, então tentaremos de novo.

Ele não conseguia acreditar no que via quando puxou suas redes repletas de peixes! Ele chamou seu irmão, André, e seus amigos Tiago e João para ajudar, e logo os dois barcos estavam tão cheios de peixes que estavam a ponto de afundar!

Simão ficou de joelhos, mas Jesus sorriu.

– Não tenha medo, Simão. De agora em diante, você será chamado de Pedro*, pois é isso que você será. – Então ele se voltou para todos os homens. – Deixem para trás as suas redes – ele disse –, sigam-me e vocês se tornarão pescadores de homens em vez de peixes, para que possamos espalhar as boas novas!

Os homens encostaram os barcos na praia, deixaram tudo e seguiram Jesus.

Mateus 4; Marcos 1; Lucas 5

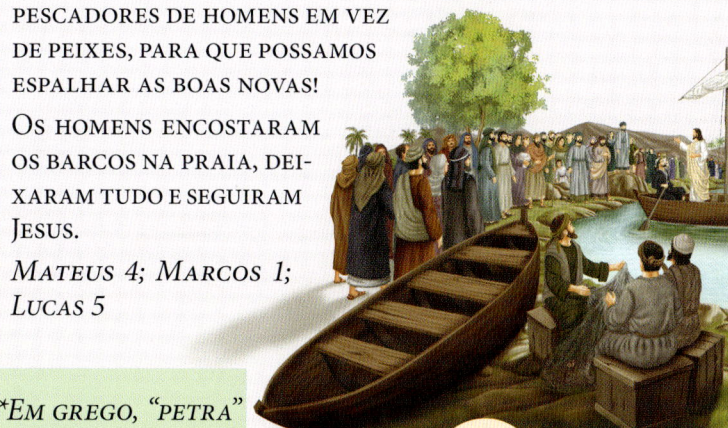

*Em grego, "petra" significa rocha.

Mapa 16
D3

ÁGUA EM VINHO

Jesus foi convidado a uma festa de casamento em Caná, junto com seus amigos e sua mãe. Tudo estava indo bem até que o vinho acabou. Maria foi contar a Jesus, que lhe perguntou:

– Por que você está me contando isso? Ainda não está na hora de eu me revelar.

Mas Maria ainda tinha esperança de que ele ajudaria e falou baixinho para os servos, dizendo-lhes para fazer qualquer coisa que Jesus lhes pedisse.

Havia diversos potes imensos de água por perto. Jesus disse aos servos para enchê-los com água e então despejou a água em jarras e as levou para o mestre-sala experimentar. Quando o mestre-sala experimentou o vinho, ele exclamou para o noivo:

– A maioria das pessoas serve o melhor vinho no início de uma refeição, mas você guardou o melhor até o final!

Pois as jarras agora estavam cheias de vinho delicioso.

Esse foi o primeiro de muitos milagres que Jesus operou.

João 2

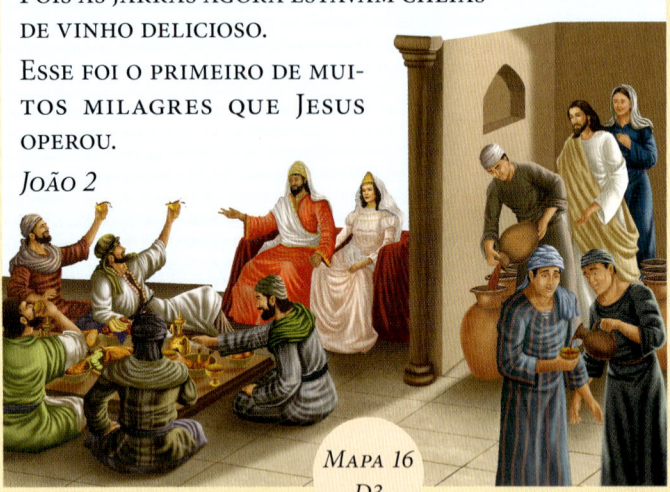

Mapa 16
D3

CURA

Certa vez, um homem com uma terrível doença de pele foi até Jesus e caiu de joelhos no chão.

– Senhor, se você quiser, você pode me tornar limpo – ele humildemente implorou.

Cheio de compaixão, Jesus se aproximou para tocar no homem.

– Quero sim – disse ele. – Fique limpo!

Imediatamente, a pele do homem estava perfeitamente lisa e saudável!

Agradecido, o homem simplesmente não conseguia manter a notícia maravilhosa para si, e não demorou muito para que várias pessoas quisessem ir e ver Jesus, tanto que ele já não podia mais se dirigir a parte alguma sem ficar cercado pelas multidões – as pessoas que estavam doentes, aleijadas, cegas ou incapacitadas e outras que eram atormentadas por espíritos ruins. Muitos traziam seus amigos ou pessoas amadas para ver se aquele homem incrível podia ajudá-las também. E Jesus colocava as mãos sobre cada uma e as curava.

Mateus 8; Marcos 1; Lucas 4-5

O SERMÃO DO MONTE

Jesus nem sempre era bem-vindo às sinagogas, então muitas vezes ele ensinava seus discípulos e as imensas multidões que se reuniam para ouvi-lo fora, ao ar livre. Um dos discursos mais importantes que ele deu foi numa montanha perto de Cafarnaum. Ele ficou conhecido como o Sermão do Monte. Jesus ensinou ao povo sobre o que era, de fato, importante na vida e deu consolo e aconselhamento:

– Bem-aventurados são os pobres e aqueles que estão tristes ou que foram maltratados, aqueles que são humildes, dóceis e bondosos, e aqueles que tentam fazer a coisa certa, pois todas essas pessoas serão recompensadas no céu! Elas serão consoladas e terão grande alegria. Aquelas que foram misericordiosas receberão misericórdia, e Deus cuidará bondosamente daqueles que têm tentado manter a paz, pois eles são seus filhos de verdade. Portanto, alegrem-se quando forem perversos com vocês e digam coisas horríveis sobre vocês por causa de mim, pois uma grande recompensa está esperando por vocês no céu!

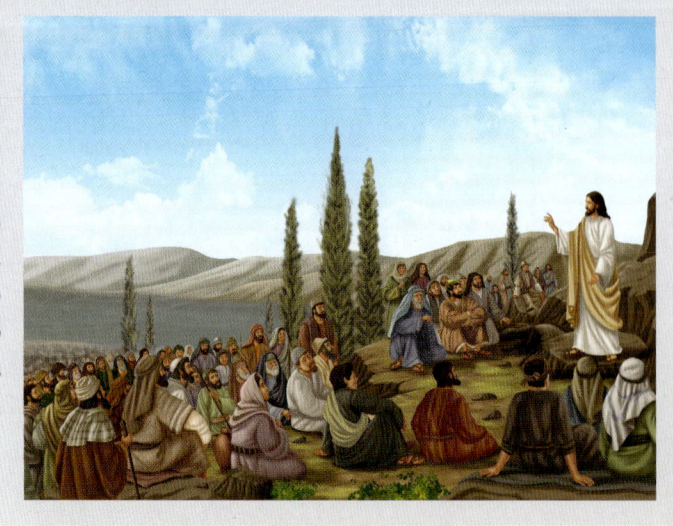

Mateus 5; Lucas 6

PALAVRAS SÁBIAS

Jesus não era como os professores usuais deles. Ele lhes disse:

– É importante obedecer a todas as leis de Deus, mas vocês precisam entender o significado por trás delas. Vocês têm que aprender a perdoar para se aproximar de Deus. Então, em vez de pensar: "olho por olho e dente por dente", se alguém bater em um lado de seu rosto, ofereça-lhe o outro lado também! O ódio vai consumir vocês. É fácil amar aqueles que amam você, mas eu digo, ame os seus inimigos! Que a vida de vocês seja um exemplo para os outros, mas não façam coisas boas apenas para que as pessoas olhem para vocês e pensem o quanto vocês são bons. Façam boas obras em particular, e Deus, que vê tudo, vai recompensar vocês. E tratem os outros da mesma maneira que vocês gostariam de ser tratados. Não os julguem. Pensem a respeito de seus próprios erros primeiro! – Ele disse às pessoas como orar. – Continuem pedindo – disse Jesus – e vocês receberão. Continuem buscando e vocês acharão. Continuem batendo, e a porta será aberta.

Mateus 5-7; Lucas 6; 11

ESCOLHENDO OS 12

Jesus escolheu 12 homens para serem seus discípulos especiais: Simão Pedro e seu irmão André, e os irmãos Tiago e João, todos eram pescadores; Mateus (ou Levi) era um cobrador de impostos; Simão era um patriota que queria combater os romanos; e os outros seis eram Bartolomeu, Tomé, Tiago, filho de Alfeu, Filipe, Judas (ou Tadeu), filho de Tiago, e Judas Iscariotes.

Jesus sabia que eles teriam uma tarefa difícil à frente. Jesus queria que eles ensinassem às pessoas que o reino de Deus estava próximo e que as curassem também. Ele os enviou para viajar de vilarejo em vilarejo, levando nada além de um cajado com eles porque Deus proveria tudo de que precisassem. Por toda parte que iam, eles tinham que contar com a hospitalidade das pessoas e, se eles não fossem bem-vindos, então era para partir. Mas aqueles que lhes davam boas-vindas estavam na verdade dando boas-vindas ao próprio Jesus.

Mateus 10; Marcos 3; 6

ACALMANDO A TEMPESTADE

Jesus e seus discípulos subiram a bordo de um barco para atravessar até o outro lado do lago. Jesus estava tão cansado, que se deitou e adormeceu. De repente, os céus escureceram, uma pancada de chuva começou a cair, e uma tempestade violenta atingiu o lago. Ondas enormes arremessavam o barco e os discípulos estavam aterrorizados, com receio de que fossem emborcar.

Jesus ainda estava deitado dormindo. Os discípulos, assustados, foram até ele e o acordaram, implorando para salvá-los. Jesus abriu os olhos e olhou para eles.

– Por que vocês estão com medo? Como a sua fé é pequena! – Jesus disse com tristeza. Então ele se levantou calmamente, estendeu bem os braços e, olhando para o vento e a chuva, ordenou: – Sosseguem!

Imediatamente, o vento e as ondas cessaram e tudo estava calmo.

Os discípulos ficaram maravilhados.

– Quem é este homem? – eles se perguntavam. – Até os ventos e as ondas obedecem a ele!

Mateus 8; Marcos 4; Lucas 8

Mapa 16
D3

A MULHER NO POÇO

Passando por Samaria, Jesus parou num poço e pediu a uma mulher local um pouco de água. Ela ficou espantada, porque normalmente os judeus não conversavam com os samaritanos. Ela ficou ainda mais surpresa quando ele disse:

– Se você soubesse o que Deus pode lhe dar e quem é que lhe pede água para beber, você pediria e ele lhe daria a água da vida.

Quando ela perguntou onde ele conseguiria tal água, Jesus respondeu:

– Aqueles que beberem desta água ficarão sedentos outra vez, mas aqueles que beberem da água que eu lhes der nunca mais ficarão com sede.

A mulher pediu avidamente por essa água, mas quando Jesus lhe disse para buscar seu marido, ela ficou corada e disse que não tinha marido. Quando Jesus respondeu que ela tinha tido cinco maridos e não era casada com o homem com quem vivia agora, ela disse que ele devia ser um profeta, e ele explicou que era o Messias.

Ela contou aos seus amigos sobre o homem incrível, e muitos foram vê-lo com seus próprios olhos e acreditaram por causa daquele dia.

João 4

Mapa 16 C4

O SERVO DO OFICIAL

Em Cafarnaum, vivia um oficial romano que era um bom homem. Um de seus servos estava doente e perto da morte. Quando o oficial ouviu que Jesus tinha chegado a Cafarnaum, ele veio pedir sua ajuda e Jesus lhe perguntou se ele deveria ir à sua casa para curar o servo.

O oficial respondeu:

– Senhor, eu não mereço que você venha à minha própria casa, mas eu sei que você não precisa vir. Se você apenas disser uma palavra, sei que meu servo será curado, da mesma maneira que quando eu mando meus soldados fazerem algo, eles o fazem!

Jesus disse para a multidão que o seguia:

– Eu afirmo a vocês todos que nunca encontrei fé como esta aqui, nem mesmo em Israel.

Quando o oficial retornou para sua casa, ele encontrou seu servo de pé e se sentindo perfeitamente bem outra vez!

Mateus 8; Lucas 7

Mapa 16 D3

ALIMENTANDO CINCO MIL

Jesus vinha pregando para uma imensa multidão de pessoas. Quando a noite chegou, eles não partiram, pois todos queriam ouvir tudo que Jesus tinha a dizer. Jesus disse a seus discípulos para lhes dar algo para comer.

– Mas, Mestre! – disseram os discípulos. – Há milhares de pessoas e só temos cinco pãezinhos e dois peixes!

Jesus ordenou-lhes que pedissem às pessoas que se sentassem. Então, pegando os cinco pãezinhos e os dois peixes e olhando para os céus, ele deu graças ao Pai e partiu os pães em pedaços. Ele os deu aos discípulos, que os levaram às pessoas e então retornaram a Jesus para pegar mais pão e peixe. Ele encheu os cestos deles novamente... E novamente... E novamente! Para espanto deles, ainda havia pão e peixe sobrando nos cestos quando eles foram alimentar as últimas pessoas! Mais de cinco mil pessoas foram alimentadas naquele dia – com cinco pãezinhos e dois peixes!

Mateus 14; Marcos 6; Lucas 9; João 6

A PARÁBOLA DO SEMEADOR

Jesus tentava passar adiante sua mensagem de uma maneira que as pessoas pudessem compreender. Suas histórias, muitas vezes chamadas de parábolas, faziam as pessoas refletirem sobre as coisas por si mesmas. Para alguns, elas seriam apenas histórias, mas outros entenderiam a mensagem de verdade.

– Um fazendeiro saiu para plantar suas sementes. Enquanto ele as espalhava, algumas caíram junto ao caminho e foram pisoteadas ou comidas pelas aves. Algumas caíram em solo rochoso que não possuía terra e, quando começaram a crescer, as plantas definharam, porque suas raízes não podiam alcançar água. Outras sementes caíram entre as ervas daninhas que as sufocaram. Outras ainda caíram em terra boa e cresceram como plantas grandes e fortes e produziram uma colheita muito maior do que o que foi semeado.

Jesus estava lhes dizendo que ele era como o fazendeiro, e as sementes eram como a mensagem que ele trouxe de Deus. As sementes que caíram pelo caminho e foram devoradas são como as pessoas que ouvem, mas não prestam atenção. Aquelas no solo rochoso são como pessoas que recebem a palavra com alegria e acreditam por um tempo, mas quando a vida fica difícil elas desistem. As sementes entre as ervas daninhas são como aquelas pessoas que ouvem, mas se deixam sufocar pelas preocupações da vida. Mas as sementes que caem em terra boa são como aquelas pessoas que ouvem a mensagem de Deus e a mantém firme em seu coração. A sua fé cresce sempre mais.

Mateus 13; Marcos 4; Lucas 8

O BOM SAMARITANO

Certa vez, alguém perguntou a Jesus o que a Lei significava quando dizia que temos que amar o nosso próximo como a nós mesmos.

– Quem é o nosso próximo? – ele perguntou.

Jesus lhe contou uma história:

– Um homem estava indo de Jerusalém a Jericó quando foi atacado por ladrões que o espancaram e levaram tudo antes de o deixarem jogado na beira da estrada, semimorto. Logo um sacerdote passou por ali. Ele viu o homem, mas atravessou para o outro lado da estrada e seguiu caminho. Então um levita passou. Ele também se apressou pelo caminho sem parar. Então um samaritano apareceu. Ele se ajoelhou ao lado do homem e cuidadosamente lavou e fez curativos em suas feridas. Ele o levou em seu jumento para uma hospedaria, onde deu ao hospedeiro dinheiro para cuidar do homem até que estivesse bem.

Jesus olhou para o homem que havia feito a indagação e perguntou quem ele achava que tinha sido o próximo do homem machucado.

O homem timidamente respondeu:

– Aquele que foi bondoso com ele.

Então Jesus lhe disse:

– Vá e seja como ele.

Lucas 10

O FILHO PRÓDIGO

Jesus contou uma história para explicar o quanto Deus ficava feliz quando os pecadores retornavam para ele:

– Certa vez, havia um homem com dois filhos. O mais jovem pediu sua parte da herança, saiu de casa e logo gastou tudo aproveitando a vida. Acabou indo trabalhar para um fazendeiro e estava com tanta fome que quis comer a comida que ele estava dando aos porcos! Por fim, ele partiu para casa, queria dizer a seu pai o quanto estava arrependido.

– Não mereço ser seu filho – ele pensou –, mas quem sabe ele me deixe trabalhar na fazenda.

Quando seu pai o viu chegando, saiu depressa e o abraçou. O jovem tentou lhe dizer que ele não merecia ser chamado de seu filho, mas o pai disse aos servos para prepararem uma festa.

O filho mais velho ficou indignado. Ninguém nunca tinha dado uma festa para ele e ele tinha trabalhado arduamente para seu pai.

– Meu filho – disse o pai –, você está sempre comigo e tudo que tenho é seu. Mas comemore comigo agora, pois o seu irmão estava morto para mim e está vivo novamente; ele estava perdido e foi encontrado!

Lucas 15

CAMINHANDO SOBRE A ÁGUA

Era tarde da noite e as ondas jogavam o barco violentamente. Jesus tinha ficado em terra firme para orar e os discípulos estavam com medo. Ao primeiro raiar da manhã, eles viram uma figura caminhando em direção a eles sobre a água! Eles pensaram que era um fantasma e estavam assustados, até que ouviram a calma voz de Jesus:

– Sou eu. Não tenham medo.

– Senhor – disse Simão Pedro –, se é você, ordene-me que eu caminhe pela água até você. – E Jesus assim o fez. Simão Pedro colocou um pé devagar na água. Então ele abaixou o outro e ficou de pé. Ele não afundou! Mas, quando ele olhou ao redor, sua coragem fraquejou. Quando começou a afundar, ele gritou: – Senhor, me salve!

Jesus estendeu sua mão e pegou a mão dele.

– Ah, Pedro – disse ele com tristeza –, onde está a sua fé? Por que você duvidou?

Então juntos eles caminharam de volta para o barco. O vento cessou e a água ficou calma. Os discípulos inclinaram a cabeça.

– Verdadeiramente, você é o filho de Deus – disseram humildemente.

Mateus 14; Marcos 6; João 6

Mapa 16 D3

MARTA E MARIA

Jesus gostava muito de duas irmãs: Maria e Marta.

Certo dia, Jesus parou para visitá-las. Marta foi depressa garantir de que tudo estivesse limpo e organizado e se apressou para preparar a comida, mas Maria se sentou aos seus pés, escutando tudo que ele dizia, não querendo perder uma única palavra.

Marta estava zangada.

– Senhor – ela disse para Jesus –, você não vai dizer para Maria me ajudar? Tem tanta coisa para preparar e ela está sentada aí sem fazer nada enquanto eu faço todo o serviço!

– Marta – disse Jesus numa voz suave –, você está se preocupando com as coisas menores, mas elas não são o que realmente é importante. A sua irmã entende o que é verdadeiramente importante e isso não será tirado dela.

Ele estava tentando explicar que a coisa mais importante na vida é amar Jesus e escutar as suas palavras!

Lucas 10

Mapa 16 C6

LÁZARO VIVE!

Jesus recebeu uma mensagem de Marta e Maria dizendo-lhe que o irmão delas, Lázaro, estava muito doente. Quando Jesus chegou à casa deles, Lázaro estava morto. Marta disse chorando:

– Ah, Senhor, se você estivesse aqui, meu irmão não teria morrido. Mas eu sei que Deus lhe dará qualquer coisa que você pedir.

Então Jesus disse gentilmente:

– Ele se levantará novamente. Todo aquele que crê em mim, viverá outra vez, mesmo tendo morrido.

Mas quando Maria chegou chorando e ele viu os outros parentes chorando, então Jesus também chorou e pediu para ser levado ao sepulcro em que Lázaro tinha sido colocado. Embora Lázaro estivesse morto já havia quatro dias, Jesus disse aos homens para abri-lo. Ele deu graças a Deus e depois ordenou:

– Lázaro, saia!

Todos observaram em silêncio maravilhados enquanto uma figura emergia do sepulcro escuro, suas mãos e seus pés embrulhados em faixas de linho, e um pano ao redor do rosto. Era Lázaro. Ele estava vivo!

João 11

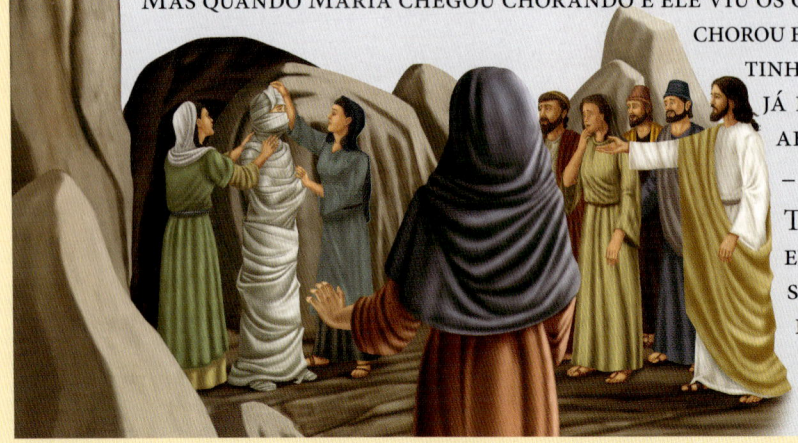

A TRANSFIGURAÇÃO

Jesus subiu uma montanha para orar, levando com ele Pedro, Tiago e João. De repente, enquanto Jesus orava, os discípulos olharam para cima e viram-no transformado. A luz brilhava de seu rosto e de suas roupas e, enquanto eles observavam, surpresos, Moisés, que tinha liderado o seu povo para fora do Egito, e Elias, o maior de todos os profetas, estavam repentinamente ali diante de seus próprios olhos, conversando com Jesus! Então uma nuvem resplandecente os cobriu e uma voz disse:

– Este é o meu filho, a quem amo. Escutem o que ele tem a dizer, pois estou muito satisfeito com ele!

Os discípulos caíram ao chão, assustados demais para erguer os olhos. Mas Jesus foi até eles e os tocou.

– Não tenham medo – disse ele suavemente.

E quando eles olharam para cima, não viram ninguém lá, exceto Jesus.

Mateus 17; Marcos 9; Lucas 9

Mapa 16 E2

BARTIMEU, O CEGO

Jesus estava passando por Jericó a caminho de Jerusalém. Bartimeu, o cego, estava mendigando na beirada da estrada quando ouviu um grande tumulto ao seu redor. Quando ele soube que era Jesus de Nazaré, de quem ele tinha ouvido tantas coisas maravilhosas, levantou-se com esforço e bradou:

– Jesus, Filho de Davi, tenha misericórdia de mim!

As pessoas queriam que ele se calasse, mas ele continuava chamando. Jesus o ouviu e parou na beira da estrada.

– O que você quer eu que faça? – ele perguntou gentilmente.

Bartimeu caiu de joelhos.

– Senhor, eu quero enxergar! – ele implorou.

– Receba a sua visão – disse Jesus. – A sua fé curou você.

E imediatamente os olhos de Bartimeu ficaram desembaçados e ele podia enxergar tudo ao seu redor! Ele levantou num pulo e seguiu Jesus, louvando a Deus. Quando todas as pessoas o viram, elas louvaram a Deus também!

Mateus 20; Marcos 10; Lucas 18

Mapa 16 D5

O PERFUME CARO

Certa noite, pouco antes da Páscoa, Jesus estava jantando com seus discípulos e amigos em Betânia. Maria foi até ele, trazendo um pote de perfume caro. Ajoelhando-se diante dele, ela cuidadosamente despejou o perfume sobre seus pés e, usando seu próprio cabelo, limpou-os. A casa ficou cheia daquela maravilhosa fragrância. Alguns começaram a repreendê-la, pois o perfume poderia ter sido vendido para levantar dinheiro para os pobres. Jesus mandou que se aquietassem.

– Ela fez uma coisa bonita – ele disse. – Vocês sempre terão os pobres e vocês podem ajudá-los a qualquer hora que quiserem. Mas vocês não me terão sempre. As pessoas se lembrarão da bondade que Maria teve comigo.

Jesus não estaria com eles daquela maneira por muito mais tempo. O estágio final de seu tempo na terra estava prestes a começar.

Mateus 26; Marcos 14; João 12

Mapa 16 C6

Jerusalém
cerca de 63 d.C.

MAPA 18

Legenda do mapa principal

- Monte das Oliveiras
- CIDADE DE DAVI
- Tanque de Siloé
- VALE DO CÉDRON
- Fonte de Giom
- Hipódromo
- Teatro Romano
- 1º Muro Norte de Josefo
- Templo de Herodes
- Fortaleza de Antônia
- CIDADE BAIXA
- VALE DE HINOM
- QUARTEL ESSÊNIO
- CIDADE ALTA
- Pretório
- Palácio de Herodes
- Tanque da Serpente
- Torre de Fasael
- Torre de Hípico
- Torre de Mariane
- Tanque da Torre
- Gólgota
- Sepulcro de José de Arimateia (possível localização)
- FORTALEZA DE HERODES
- VALE DE HINOM
- Sepulcro da Família de Herodes
- 2º Muro Norte de Josefo
- CIDADE NOVA
- 3º Muro Norte de Josefo

Mapa de localização (inset)

- LÍBANO
- SÍRIA
- ÁREA EM DETALHE
- JORDÃO
- ISRAEL Atualmente
- O Grande Mar
- Faixa de Gaza
- EGITO

Legenda (inset inferior)

- Expansão de Jerusalém 37–44 d.C.
- Templo de Herodes (Cúpula da Rocha)
- Jerusalém na época de Jesus 7 – 36 d.C.
- Portão
- Limites da Velha Cidade
- Fortificação murada na época de Jesus

A Última Semana de Jesus

Jerusalém estava lotada. Era a semana do festival da Páscoa e todos tinham se reunido para comemorar. Também estava na hora de Jesus começar a última etapa de sua vida terrena.

Jesus entrou em Jerusalém montado num humilde jumento. Alguns de seus seguidores jogaram suas túnicas ou folhas grandes de palmeira sobre o chão empoeirado diante dele, e ele foi ao encontro de uma enorme multidão, pois muitos tinham ouvido dos milagres que ele realizara. Alguns dos líderes religiosos temiam e odiavam Jesus, mas muitos do povo verdadeiramente o viam como seu Rei e eles tentaram lhe dar boas-vindas dignas de um rei.

Seus seguidores bradaram:

– Hosana ao Filho de Davi! Abençoado é o rei que vem em nome do Senhor!

Mas Jesus estava triste, pois sabia que em bem pouco tempo essas pessoas que o aplaudiam se voltariam contra ele.

Mateus 21; Marcos 11; Lucas 19; João 12

CONFUSÃO NO TEMPLO

A primeira coisa que Jesus fez em Jerusalém foi visitar o templo de seu pai. Ele ficou horrorizado por ver que todo o povo ganancioso e fraudulento que ele tinha expulsado antes estava de volta, tentando ganhar dinheiro das pessoas pobres que vinham fazer sacrifícios a Deus. Ele olhou ao redor com raiva e gritou:

– Não! Deus disse que este templo era para ser um lugar em que as pessoas de todas as nações pudessem vir para orar para ele. Mas vocês o transformaram num covil de ladrões!

E, com essas palavras, ele irrompeu pelo templo, expulsando todos que não deveriam estar ali.

Quando ele tinha terminado e o templo estava novamente calmo e tranquilo, as pessoas pobres, os mendigos e os doentes recomeçaram a entrar e foram a Jesus para se curar e se sentir melhor. As crianças dançavam de alegria ao redor dele e todos estavam felizes – menos os fariseus, que tramavam para se livrar dele.

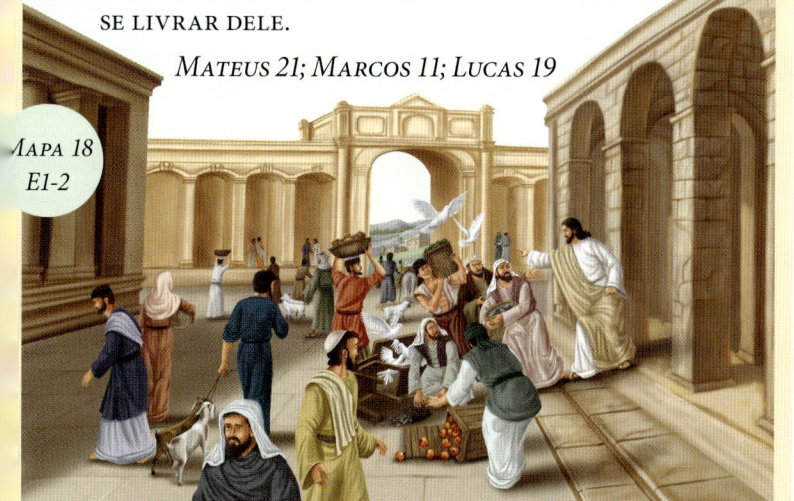

Mateus 21; Marcos 11; Lucas 19

TRAIÇÃO

Jesus sabia que os fariseus e aqueles que o odiavam e temiam estavam esperando uma oportunidade para prendê-lo. Ele passava os dias em Jerusalém no templo, mas a cada noite retornava a Betânia para dormir. Todavia, mesmo entre seus amigos mais queridos, havia um que seria seu inimigo. Judas Iscariotes, o discípulo encarregado do dinheiro, era desonesto. Ele guardava um pouco para si em vez de dá-lo para aqueles que precisavam. Sua ganância o obrigou a fazer algo muito ruim. Judas foi até os sumos sacerdotes em segredo e perguntou quanto eles pagariam se ele entregasse Jesus em suas mãos. Os sacerdotes mal podiam acreditar no que ouviam! Eles sabiam que Judas era um dos amigos de mais confiança de Jesus. Eles lhe ofereceram 30 peças de prata... E Judas aceitou! A partir de então, Judas estava simplesmente esperando por uma oportunidade para entregar Jesus.

Mateus 26; Marcos 14; Lucas 22

Mapa 18
E1-2

A Última Semana de Jesus

MAPA 19

JERUSALÉM
CIDADE ALTA
CIDADE BAIXA

Gólgota (Calvário de Gordon)
Segundo Muro Norte de Josefo
Portão do Peixe
Fortaleza Antônia
Tanque perto do Portão das Ovelhas
Tanque do Templo
Portão das Ovelhas
VALE DE TIROPEON
Gólgota (localização tradicional)
O Pátio Externo
Templo
Pátio interno
Vale de Cédron
Monte das Oliveiras
Getsêmani
Jardim do Getsêmani
Betfágé
Primeiro Muro Norte de Josefo
Xystus (Mercado)
Tanque da Torre
Torre de Hípico
Torre de Fasael
Torre de Mariane
Palácio de Herodes
Portão de Gennath (ou Portão dos Jardins)
OFEL
Casa de Caifás e o Sumo Sacerdote
VALE DE TIROPEON
Cidadela
Fonte de Giom
Cidade de Davi
Túnel de Ezequias (ou Siloé)
Tanque da Serpente
Tanque de Siloé
Portão da Água
Portão dos Essênios
VALE DE HINOM

Domingo

1. Jesus parte de Betânia.
2. Seus discípulos vão na frente até o vilarejo de Betfágé para buscar um jumento.
3. Jesus vai montado passando o Monte das Oliveiras e adentra a cidade atravessando o Vale do Cédron. A multidão vibra e acena folhas de palmeira pelo ar enquanto Jesus chora pela cidade de Jerusalém (Lucas 19:41).
4. Jesus entra em Jerusalém e visita o templo antes de retornar a Betânia ao anoitecer (Marcos 11:11).

Segunda-feira

5. Jesus parte de Betânia.
6. A caminho de Jerusalém, ele amaldiçoa uma figueira no Monte das Oliveiras (Marcos 11:12-14).
7. Quando chega ao templo, Jesus expulsa todos os compradores e vendedores (Mateus 21:12; Marcos 11:15; Lucas 19:45).
8. Jesus é visitado por gregos (João 12:20), sai da cidade ao anoitecer (Marcos 11:19) e retorna para Betânia.

Betânia

Terça-feira

9. Os discípulos percebem que a árvore que Jesus tinha amaldiçoado na segunda-feira havia murchado (Marcos 11:20).
10. Jesus deixa Betânia e vai ao templo, onde sacerdotes lhe indagam sobre seu comportamento do dia anterior (Mateus 21:13; Marcos 11:27; Lucas 20:1).
11. Jesus conta a parábola dos Dois Filhos (Mateus 21:28), a parábola dos Lavradores Maus (Mateus 21:33) e a parábola das Bodas (Mateus 22:1).
12. Os fariseus e os herodianos tentam ludibriá-lo com uma pergunta sobre os impostos (Mateus 22:15), os saduceus lhe perguntam sobre a ressurreição (Mateus 22:23) e os fariseus o questionam sobre os mandamentos (Mateus 22:34). Jesus perguntou a todos eles: – Cristo é filho de quem? (Mateus 22:42).
13. Jesus anuncia sete desgraças sobre os líderes religiosos (Mateus 23).
14. Jesus observa a viúva dar suas únicas duas moedas (Marcos 12:41; Lucas 21:1-4).
15. Os discípulos de Jesus lhe mostram as pedras estruturais enquanto ele está saindo do templo. Ele lhes diz que aquele templo será destruído (Mateus 24:1-2).
16. Jesus conversa com seus discípulos sobre a destruição do templo, seu retorno e O Fim no Monte das Oliveiras (Mateus 23-24; Marcos 11; Lucas 20-21).

Quarta-feira

17. Jesus diz aos discípulos que faltam dois dias para a Páscoa e que o Filho do Homem será crucificado (Mateus 26:1).
18. O sumo sacerdote e os anciãos tentam arquitetar a morte de Jesus (Mateus 26:2-5; Marcos 14:1-2).
19. Jesus come na casa de Simão, o leproso, e é ungido pela segunda vez enquanto está em Betânia. Seus discípulos reclamam do desperdício de unguento caro (Mateus 26:6-13; Marcos 14: 3-9).
20. Judas vai até os sumos sacerdotes para planejar sua traição (Mateus 26:14-16; Marcos 14:10-11; Lucas 22:3-6).

Quinta-feira

21. Jesus envia Pedro e João para preparar a refeição (Lucas 22:8).
22. Ele compartilha sua última refeição com os discípulos numa ampla sala no andar superior numa casa em Jerusalém (Lucas 22:12).
23. Depois disso, eles saem da cidade e atravessam o Vale de Cédron até o Getsêmani no Monte das Oliveiras (João 8:1).
24. Jesus passa a noite em oração.

Sexta-feira

25. 2:00 h da manhã – Nas primeiras horas da manhã, Jesus é traído e preso no Getsêmani (João 18:1). Ele é levado para se apresentar diante de Anás, o sumo sacerdote anterior, e é interrogado (João 18:19).
26. Pedro nega Jesus (João 18:17).
27. 3:00 h da manhã – Jesus é amarrado e enviado ao sumo sacerdote, Caifás (João 18:24). Pedro o nega novamente (João 18:25).
28. Jesus é ridicularizado e espancado. Ao nascer do sol, ele atesta que é o filho de Deus e é levado até Pilatos (Lucas 22:66).
29. 6:00 h da manhã – Jesus é interrogado por Pilatos na Fortaleza Antônia e enviado ao Palácio de Herodes em Jerusalém.
30. Jesus se recusa a falar com Herodes e é reencaminhado a Pilatos numa imitação de manto real (Lucas 23:11).
31. Jesus é espancado e sentenciado a ser crucificado (Mateus 27:26).
32. Ele carrega a cruz para fora dos muros da cidade e é crucificado.

A CEIA DO SENHOR

Estava na hora da festa da Páscoa e Jesus e seus discípulos tinham se reunido para cear juntos. Jesus sabia que teria que deixar seus amigos em breve. Ele estava triste e incomodado.

– Em breve, um de vocês vai me trair – disse ele, pesaroso.

Os discípulos se entreolharam, chocados. De quem ele estava falando? Mas quando Judas Iscariotes saiu da sala, nenhum deles percebeu que era dele que Jesus estava falando.

Então Jesus distribuiu um pouco de pão dizendo:

– Este é o meu corpo, que será partido. – Em seguida, ele passou a todos uma taça de vinho dizendo: – Bebam isto. Este é o meu sangue, que tirará o pecado – e ele disse que em breve os deixaria.

Simão Pedro bradou:

– Mas, Senhor, por que não posso segui-lo? Eu daria a minha vida por você!

– Você daria, meu amigo? – perguntou Jesus bondosamente. – E mesmo assim você me negará três vezes antes de o galo cantar!

Pedro ficou horrorizado.

Mateus 26; Marcos 14; Lucas 22; João 13

NO JARDIM DO GETSÊMANI

Jesus e os discípulos foram para um jardim sossegado chamado Getsêmani. Jesus se afastou para orar por seus discípulos e por todos que viriam a crer nele. Então, ele bradou:

– Pai, se for possível, que eu não tenha que passar por isso! – Todavia, suas próximas palavras foram: – Porém, que não seja a minha vontade, mas a sua vontade, Pai – pois Jesus sabia que Deus não o estava obrigando a fazer nada. Ele tinha escolhido fazê-lo.

Ele acordou seus amigos, pois eles tinham adormecido. Ele sabia que a hora havia chegado.

Naquele momento, uma multidão de pessoas irrompeu pelo jardim, muitos armados. À frente deles estava Judas Iscariotes. Jesus disse com tristeza:

– Ah, Judas, você trairia o Filho do Homem com um beijo?

Pedro sacou sua espada, mas Jesus lhe disse para guardá-la e ele permitiu que os soldados o prendessem.

– Eu sou aquele que vocês procuram – disse Jesus suavemente. – Deixem estes outros irem. Não era necessário vocês virem aqui com espadas e cassetetes.

Quando os discípulos perceberam que Jesus se deixaria levar preso, eles fugiram em desespero.

Mateus 26; Marcos 14; Lucas 22; João 17

UM GALO CANTA

Quando os soldados levaram Jesus para ser interrogado, Simão Pedro os seguiu até o pátio do sumo sacerdote. Ele aguardou do lado de fora miseravelmente, junto com os guardas que se aqueciam perto da fogueira. Quando uma das serviçais estava passando por ali, ela avistou Pedro perto da fogueira.

– Você não estava com Jesus de Nazaré? – ela lhe perguntou. – Tenho certeza de que eu o vi com ele.

Temeroso do que pudesse acontecer, Pedro negou com veemência, mas então a moça perguntou a um dos guardas se ele não parecia ser um dos discípulos de Jesus.

– Eu não tenho nada a ver com ele! – disse Pedro, em pânico.

Outro guarda mencionou que ele tinha sotaque de alguém vindo da Galileia, e novamente Pedro jurou que não conhecia Jesus.

Naquele instante, um galo cantou. Pedro se lembrou do que Jesus havia dito e chorou de desânimo.

Mateus 26; Marcos 14; Lucas 22; João 18

PILATOS LAVA AS MÃOS

Jesus foi interrogado pelos sacerdotes, pelo governador romano Pôncio Pilatos e até mesmo pelo rei Herodes, mas, por fim, coube a Pilatos decidir seu destino.

Durante a Páscoa, era costume soltar um prisioneiro. Um homem chamado Barrabás estava na prisão por rebelião e assassinato. Pilatos convocou os sacerdotes e o povo diante dele e perguntou quem eles queriam que ele libertasse. A multidão respondeu:

– Barrabás! – Pois lhes disseram para dizer isso.

– O que devo fazer com aquele que vocês chamam de Rei dos Judeus? – perguntou Pilatos.

– Crucifique-o! – bradou a multidão.

Quando ele perguntou qual era o crime, eles apenas berraram mais alto.

Pilatos não queria ordenar a execução, mas também não queria uma rebelião! Ele pediu que trouxessem uma bacia de água e ele lavou as mãos para mostrar que não tinha responsabilidade na morte de Jesus. Então ele mandou soltar Barrabás e entregou Jesus para ser crucificado.

Mateus 27; Marcos 15; Lucas 23; João 18

Mapa 19 C2

RIDICULARIZADO

Jesus foi levado embora pelos soldados.

– Já que você é o rei dos judeus, vamos vestir você para a ocasião!

Eles zombaram e o vestiram com uma capa roxa, a cor usada pelos reis, e colocaram uma coroa de espinhos sobre sua cabeça. Depois, eles o espancaram e cuspiram em seu rosto antes de o colocarem de volta em suas próprias roupas e levarem-no pelas ruas rumo ao Gólgota, o lugar em que era para ele ser crucificado. Eles o fizeram carregar uma cruz de madeira nas costas, mas ela era grande e pesada, e Jesus tinha sido horrivelmente espancado. Quando ele não conseguiu mais carregá-la, eles pegaram alguém ao acaso da multidão para carregá-la por ele. E assim a horrível procissão abriu caminho pela cidade até a colina do Gólgota.

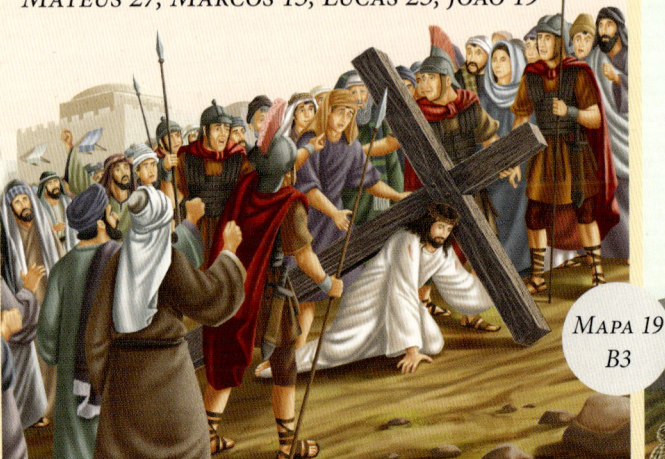

Mateus 27; Marcos 15; Lucas 23; João 19

Mapa 19 B3

A CRUCIFICAÇÃO

Os soldados pregaram as mãos e os pés de Jesus na cruz e colocaram acima de sua cabeça um cartaz dizendo: JESUS DE NAZARÉ, O REI DOS JUDEUS. Enquanto levantavam a cruz, Jesus bradou:

– Pai, perdoe-os. Eles não sabem o que fazem.

Dois ladrões foram crucificados ao lado dele. O primeiro olhou com desprezo para ele, mas o outro disse:

– Fique quieto! Nós merecemos o nosso castigo, mas este homem não fez nada de errado. – Então se voltou para Jesus e disse: – Por favor, lembre-se de mim quando entrar em seu reino – e Jesus prometeu-lhe que estaria com ele naquele mesmo dia no Paraíso.

Os guardas tiraram a sorte para ver quem ganharia as vestes de Jesus, enquanto sacerdotes e fariseus o insultavam.

– Se você descer da cruz agora, nós acreditaremos em você!

Ao meio-dia, uma sombra escondeu o sol, e trevas caíram sobre a terra por três horas. Às três horas, Jesus bradou:

– Meu Deus, por que você me abandonou? – E então ele deu um grande grito: – Está consumado! – E, com essas palavras, ele perdeu as forças.

Mateus 27; Marcos 15; Lucas 23; João 19

O SEPULCRO VAZIO

Depois de Jesus ser enterrado, o sepulcro foi coberto com uma pedra enorme, e Pilatos colocou dois guardas ali. Ao alvorecer do primeiro dia da semana, Maria Madalena e algumas outras mulheres foram ungir o corpo. Quando elas se aproximaram do sepulcro, a terra tremeu, os guardas foram lançados ao chão e as mulheres viram que a pedra tinha sido rolada para longe da entrada. E dentro do sepulcro, brilhando mais reluzente do que o sol, havia um anjo!

O anjo disse:

– Por que vocês estão procurando o vivo entre os mortos? Ele não está aqui, ele ressuscitou! Vocês não se lembram de que ele lhes contou que isso aconteceria? Vão agora e contem aos seus discípulos que ele os encontrará na Galileia como ele prometeu.

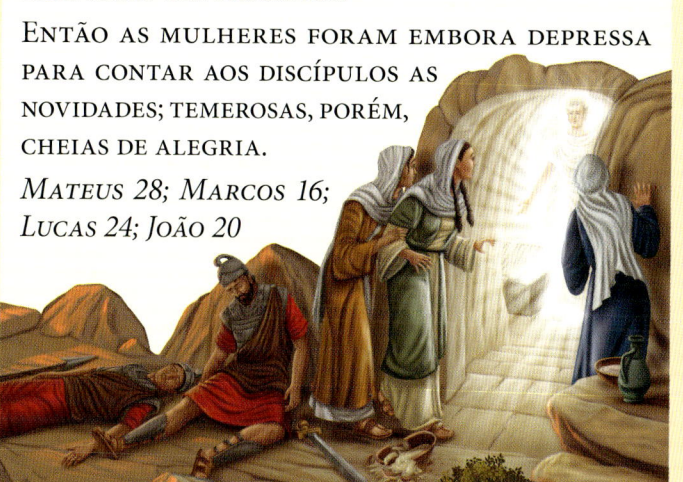

Então as mulheres foram embora depressa para contar aos discípulos as novidades; temerosas, porém, cheias de alegria.

Mateus 28; Marcos 16; Lucas 24; João 20

TOMÉ, O INCRÉDULO

Naquela mesma noite, Jesus apareceu aos discípulos. A princípio, eles não podiam acreditar. Era um fantasma? Mas ele os reconfortou e mostrou suas cicatrizes.

– Toquem-me e vejam – disse ele. – Um fantasma não tem carne e ossos!

Então ele continuou a explicar as Escrituras a eles e eles ficaram cheios de alegria e espanto.

Tomé não estava com os outros e, quanto eles tentaram lhe contar a respeito, ele não conseguia acreditar neles.

– A menos que eu coloque o meu dedo onde os pregos estiveram e toque na ferida na lateral dele, não acreditarei.

Uma semana mais tarde, Tomé estava com os discípulos quando, de repente, Jesus estava entre eles novamente. Voltando-se para Tomé, ele disse:

– Coloque o seu dedo nas feridas das minhas mãos. Sinta a minha lateral. Pare de duvidar e creia!

Tomé ficou tomado de alegria. Agora ele acreditava!

Jesus disse:

– Você acreditou porque você próprio me viu. Abençoadas serão aquelas pessoas que creem sem ver!

Lucas 24; João 20

A ASCENSÃO

Jesus e seus amigos estavam numa encosta fora de Jerusalém. Tinha chegado a hora de Jesus deixar o mundo. Com o tempo desde a sua ressurreição, ele tinha esclarecido muitas coisas para eles e dito um pouco sobre o que o futuro traria. Jesus se voltou para seus discípulos.

– Vocês têm que ficar aqui em Jerusalém por enquanto e aguardar pela dádiva que meu pai lhes prometeu, pois em breve vocês serão batizados com o Espírito Santo. Então vocês deverão espalhar a minha mensagem não apenas em Jerusalém, Judeia e Samaria, mas em todas as nações.

Ele ergueu suas mãos para o alto para abençoá-los e então, diante dos olhos deles, ele foi levado ao céu, e uma nuvem o escondia da visão. Enquanto eles ficaram ali olhando espantados para o alto, de repente, dois homens vestidos de branco se colocaram ao lado deles.

– Por que vocês estão olhando para o céu? Jesus foi tirado de vocês e levado ao céu, mas ele voltará novamente da mesma maneira que ele partiu!

Marcos 16; Lucas 24; Atos 1

Mapa 19
E2

Espalhando as Boas-Novas

O ESPÍRITO SANTO

Fazia dez dias que Jesus tinha sido levado para o céu. Os 12 discípulos (pois eles tinham escolhido um substituto para Judas Iscariotes) estavam reunidos quando, de súbito, a casa ficou repleta de um som de um poderoso vento vindo do céu. Enquanto eles observavam, maravilhados, línguas de fogo pareciam descansar sobre cada pessoa ali. Eles foram todos preenchidos com o Espírito Santo e começaram a falar em idiomas diferentes – idiomas que eles nunca tinham falado antes ou estudado!

Ao ouvir o tumulto, uma grande multidão se reuniu do lado de fora. Grande era o espanto deles quando os discípulos saíram e começaram a falar em idiomas diferentes! Todos ali podiam ouvir os discípulos explicarem a história de Jesus, qualquer que fossem suas nacionalidades, e muitos vieram a crer por causa daquele dia.

Atos 2

Mapa 20 H5

O HOMEM ALEIJADO

Um homem aleijado sentou-se para mendigar do lado de fora dos portões do templo. Quando Pedro e João passaram ali a caminho de orar, ele olhou para cima, esperançoso.

– Eu não tenho dinheiro algum – disse Pedro. – Mas posso lhe dar algo muito melhor! Em nome de Jesus Cristo, eu ordeno que você se levante e ande! – E, para o espanto de todos, ele se amparou e se levantou. O homem tentou alguns passos cautelosos; em seguida, mais alguns; e então caminhou direto para o templo, para dar graças a Deus!

Pedro explicou ao povo que foi a fé no nome de Jesus que o tinha curado. As autoridades tentaram impedir os discípulos, mas eles prosseguiram falando a respeito de Jesus e passando adiante as boas-novas.

Atos 3

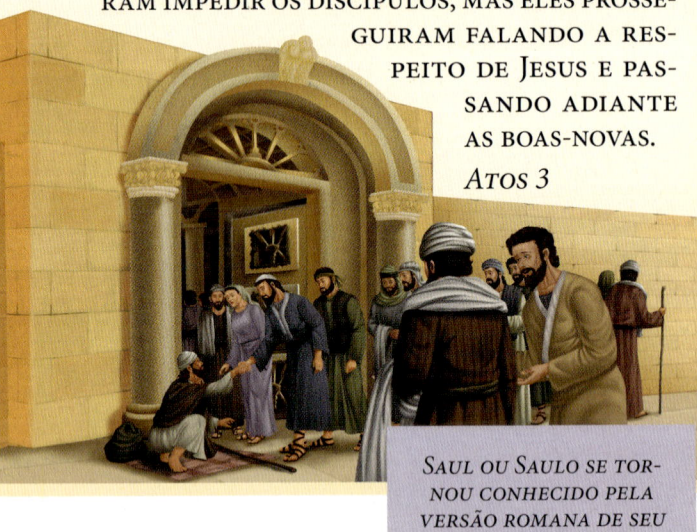

Saul ou Saulo se tornou conhecido pela versão romana de seu nome, que é Paulo.

A ESTRADA ATÉ DAMASCO

Saulo odiava os seguidores de Jesus. Ele queria dar um fim à pregação deles e acreditava que estava fazendo a vontade de Deus. Muitos cristãos fugiram para evitar a prisão, mas eles espalhavam a palavra para onde quer que fossem. Sabendo que muitos tinham ido para a cidade de Damasco, Saulo partiu em perseguição. De repente, uma luz ofuscante resplandeceu forte. Saulo caiu ao chão, cobrindo os olhos. Então ele ouviu uma voz:

– Saulo, por que você continua me perseguindo?

Saulo começou a tremer. Ele achou que conhecia quem estava falando, mas teve que perguntar, e a voz respondeu:

– Eu sou Jesus. Vá para a cidade e lhe será dito o que deve fazer.

Saulo se levantou com esforço, mas, quando abriu os olhos, não conseguia enxergar coisa alguma! Seus guardas o levaram até a cidade, onde ele passou três dias em oração. Deus enviou um cristão até ele e quando ele colocou as mãos em Saulo, foi como se tivessem caído escamas de seus olhos! Saulo se levantou e foi batizado.

Saulo começou a espalhar as boas-novas sobre Jesus e as pessoas ficaram maravilhadas, pois ele já tinha sido o maior inimigo dos cristãos. Ele prosseguiu e se tornou um dos maiores de todos os apóstolos.

Atos 9

Mapa 20 H4

MAPA 20

As Viagens Missionárias de Paulo

SÍRIA · Antioquia · Sidom · Damasco · Tiro · Jerusalém · **JUDEIA** · Cesareia · Antipátrida · Tarso

CAPADÓCIA · Távio · Parnassos · Arquelais · **CILÍCIA** · Derbe

GALÁCIA · Ancira

BITÍNIA E PONTO · Sinope · Heracleia

Mar Negro

ÁSIA · Bizâncio · Adramítio · Pérgamo · Ancira · Tiatira · Sebastia · Sardes · Filadélfia · Esmirna · Tripoli · Laodiceia · Éfeso · Seleucia · Cremna · Listra · Perge · **LÍCIA** · Mirra · Cnido · Rodes

CHIPRE · Salamina · Pafos

TRÁCIA · Neápolis · Filipos

MACEDÔNIA · Anfípolis · Tessalônica · Bereia · Larissa · Delfos · Olímpia · **ACAIA** · Atenas · Corinto · Cencreia · Esparta

MAR EGEU · Trôade · Assôs · Mitilene · As Cíclades · Mileto

CRETA · Salmona · Fênix · Laséia · Cauda · Bons Portos

EGITO · Alexandria · Mênfis · Rio Nilo

CIRENAICA · Cirene

O Grande Mar (Mar Mediterrâneo)

Golfo de Sirte (ou Golfo de Sidra)

ITÁLIA · Roma · Três Vendas · Praça de Ápio · Puteoli · Pompeia · Brundísio · Tarento · Régio · Messina · Siracusa · **SICÍLIA** · Malta

Caixas de texto no mapa:
- Paulo retoma suas viagens missionárias.
- Paulo e Barnabé erroneamente considerados deuses.
- Procônsul Sérgio Paulo se converteu.
- Pórcio Festo envia Paulo a Roma.
- Conferência de Jerusalém, 49 d.C.
- Paulo restaura a vida ao jovem Êutico.
- Lucas se junta a Paulo.
- Paulo fala ao Areópago.

Legenda:
- A primeira viagem missionária de Paulo.
- A segunda viagem missionária de Paulo.
- A terceira viagem missionária de Paulo.
- A viagem de Paulo a Roma.

FICOU CEGO

Deus disse a Paulo e a outro homem chamado Barnabé para fazerem uma viagem a fim de espalhar as boas-novas às pessoas que ainda não tinham ouvido falar de Jesus. Eles foram primeiro para Chipre, onde converteram o governador romano após Paulo ter repreendido o perverso mágico Elimas. De Chipre, eles viajaram para Perge, na atual Turquia, e então através de difícil área rural até o coração da Anatólia. Para onde quer que fossem, eles contavam com a hospitalidade das pessoas locais e falavam sobre Jesus tanto para judeus como gentios.

Atos 13

Mapa 21
G4

CANTANDO NA PRISÃO

Na segunda viagem missionária de Paulo, ele e seu amigo Silas tinham sido jogados na prisão em Filipos. Era meia-noite e Paulo e Silas estavam presos nos vira-mundos – orando e cantando hinos! Os outros prisioneiros mal podiam acreditar no que ouviam.

De repente, um violento terremoto abriu as portas das celas e as correntes de todos se soltaram! Paulo bradou para o carcereiro, horrorizado:

– Não se preocupe! Nós ainda estamos aqui!

O carcereiro levou Paulo e Silas para sua casa, onde ele e sua família passaram a noite aprendendo sobre Jesus. Eles se tornaram cristãos naquela noite!

Depois disso, Paulo prosseguiu viajando por muitas nações para contar às pessoas sua maravilhosa mensagem. Ele passou tempo em Atenas e em Corinto. Depois, ele viajou para Éfeso e Cesareia antes de vir a morar por algum tempo em Antioquia no final de sua segunda viagem missionária.

Atos 16

Mapa 21
D1

CONSIDERADOS DEUSES

De Anatólia, Paulo e Barnabé viajaram para Listra, onde Paulo curou um homem aleijado. A multidão, empolgada, acreditou que ele e Barnabé eram deuses! O sacerdote de Zeus trouxe touros e coroas de flores até os portões da cidade porque ele e a multidão queriam oferecer sacrifícios aos apóstolos! Foi uma tarefa difícil para eles explicar que eram homens comuns que tentavam lhes contar a respeito de Deus! Logo depois, alguns judeus incitaram o povo contra os apóstolos. Eles apedrejaram Paulo e o deixaram para morrer do lado de fora da cidade, mas, depois que os discípulos se reuniram em torno dele, ele se levantou e retornou para pregar como se nada tivesse acontecido.

Em seguida, Paulo e Barnabé visitaram a cidade de Derbe antes de seguir caminho de volta até a Antioquia, parando no caminho para encorajar aqueles para quem já tinham pregado e ajudá-los enquanto formavam novas igrejas.

Atos 14

Mapa 21
G3

TUMULTO EM ÉFESO

Paulo estava em Éfeso, na terceira de suas viagens missionárias, quando o tumulto surgiu. O povo de lá adorava a deusa Artêmis e havia construído um templo maravilhoso em sua honra. O povo vinha de muito longe para visitar e a cidade estava cheia de prateiros vendendo imagens de prata da deusa. Mas, quando Paulo começou a pregar, muitas pessoas se tornaram cristãs e pararam de comprar as imagens. Os prateiros ficaram furiosos, e logo a cidade inteira ficou um alvoroço!

Paulo percebeu que seria mais seguro para todos se ele deixasse a cidade. Assim, ele partiu para retornar a Jerusalém, rumando primeiro para a Macedônia e depois para a Grécia.

Atos 19

Mapa
E2

Mapa 21

Cidades Visitadas pelo Apóstolo Paulo

Regiões e lugares:

- SÍRIA
  - Damasco (0)
  - Antioquia (0) (1) (2) (3)
  - Seleucia (1)
- CILÍCIA
  - Tarso (1) (2) (3)
- CAPADÓCIA
- GALÁCIA
  - Antioquia (1) (2) (3)
  - Icônio (1) (2) (3)
  - Derbe (1) (2) (3)
  - Listra (1) (2) (3)
- BITÍNIA E PONTO
- Mar Negro
- Perge (1)
- Atália (1)
- Mira (4)
- Pátara (3)
- CHIPRE
  - Salamina (1)
  - Pafos (1) — Procônsul Sérgio Paulo se converteu.
- Sidom (4)
- Tiro (3)
- Ptolemaida (3)
- Cesareia (0) (2) (3) (4)
- Antipátride (4)
- Jerusalém (0)(2)(3)(4) — Conferência de Jerusalém, 49 d.C.
- Pórtio Festo envia Paulo a Roma para apelar a César.
- ÁSIA
  - Éfeso (2) (3)
  - Trogílio (3)
  - Mileto (3)
  - Troade (2) (3) — Paulo restaura a vida a Êutico.
  - Assôs (3)
  - Mitilene (3)
- MAR EGEU
- TRÁCIA
- MACEDÔNIA
  - Filipos (2) (3)
  - Anfípolis (2)
  - Apolônia (2)
  - Tessalônica (2) (3)
  - Bereia (2) (3)
  - Neápolis (2) (3)
- Atenas (2) — Paulo fala ao Areópago.
- Corinto (2) (3)
- Cencreia (2)
- Nicópolis (5)
- CRETA (5)
  - Bons Portos (4)
- O Mar Mediterrâneo
- Golfo de Sirte
- EGITO
  - Rio Nilo
  - Mênfis
  - Alexandria
- CIRENAICA
  - Cirene
- SICÍLIA
  - Régio (4)
  - Siracusa (4)
- Malta (4)
- ITÁLIA
  - Roma (4) (5) — Paulo passa dois anos em Roma pregando o evangelho enquanto aguarda sua apelação a César.
  - Três Vendas (4)
  - Praça de Ápio (4)
  - Puteoli (4)

Legenda:

- (0) = Visitado depois da primeira viagem (33-44 d.C.)
- (1) = Visitado na primeira viagem (44-46 d.C.)
- (2) = Visitado na segunda viagem (49-52 d.C.)
- (3) = Visitado na terceira viagem (53-58 d.C.)
- (4) = Visitado na quarta viagem (60-63 d.C.)

"POR FAVOR, NÃO VÁ!"

Paulo queria retornar a Jerusalém para ajudar os judeus cristãos. Seus amigos não queriam que ele fosse – eles temiam que ele fosse encarcerado e provavelmente morto. Mas Paulo balançou a cabeça tristemente.

– Por favor, não tentem mudar minha opinião com suas lágrimas. Isso é o que tenho que fazer. Estou pronto não apenas para ser colocado em correntes por Jesus, mas para morrer por ele.

Embora ele soubesse de coração que privação e sofrimento o aguardavam adiante, Paulo iria para onde Deus quisesse que ele fosse. Antes de embarcar no navio que o levaria adiante, Paulo se ajoelhou com seus amigos e orou. Eles todos choraram enquanto Paulo navegou para longe. Seus amigos sabiam que nunca mais o veriam.

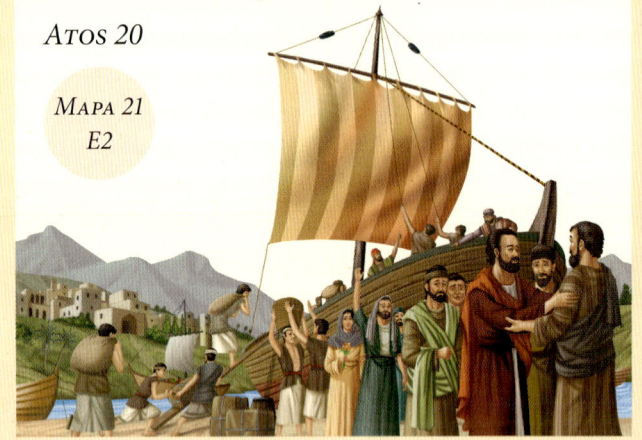

Atos 20

Mapa 21 E2

CONFUSÃO EM JERUSALÉM

Paulo recebeu calorosas boas-vindas dos seus amigos em Jerusalém, mas logo começou a confusão. Muitos judeus não gostaram da mensagem que ele estava pregando. Quando toparam com Paulo no templo, eles provocaram a multidão e contaram mentiras sobre ele. A multidão o arrastou do templo, e ele provavelmente teria sido morto não fosse pelo governador romano da cidade, que ficou sabendo do tumulto e enviou tropas. O comandante tentou descobrir o que Paulo tinha feito, mas uma pessoa gritou uma coisa; outra berrou algo mais, e havia tanto alvoroço que o comandante achou que seria melhor tirar Paulo de lá rapidamente e levá-lo para o quartel. Os soldados tiveram que erguê-lo para impedir que a multidão chegasse a ele!

Antes de ser levado embora, Paulo perguntou ao comandante se poderia falar com a multidão. Ele só queria explicar sua história e como Deus havia falado com ele, mas as pessoas estavam furiosas com ele e, por fim, os soldados romanos o levaram embora.

Atos 21-22

Mapa 22 H5

CONSPIRAÇÃO

O comandante romano queria descobrir exatamente do que Paulo estava sendo acusado, então ele o enviou diante dos sumos sacerdotes e do conselho judeu, mas eles somente discutiram entre eles, e Paulo foi mandado de volta. Mas alguns dos judeus odiavam Paulo tanto, que planejavam assassiná-lo. O sobrinho de Paulo ouviu sobre a conspiração e contou ao comandante, que fez Paulo sair da cidade clandestinamente sob o manto da noite.

Alguns dias mais tarde, Paulo se achava em Cesareia. Seus inimigos contaram ao governador romano que Paulo era um encrenqueiro que havia incitado tumultos. Eles alegaram que ele era o cabeça da seita nazarena e que havia tentado profanar o templo de Jerusalém. Quando permitiram que Paulo falasse, ele explicou que as acusações eram falsas. O governador sabia que os acusadores de Paulo não podiam provar nada, mas ainda assim manteve Paulo sob custódia, como fez o governador depois dele.

Por fim, Paulo requereu que seu caso fosse ouvido pelo imperador em Roma. Festo primeiro o enviou para ser interrogado pelo rei Agripa, que pôde apenas dizer que se Paulo não tivesse já requerido ir para Roma, então certamente ele teria sido libertado. A situação, tal como se apresentava, obrigava-o a ir a Roma.

Atos 22-26

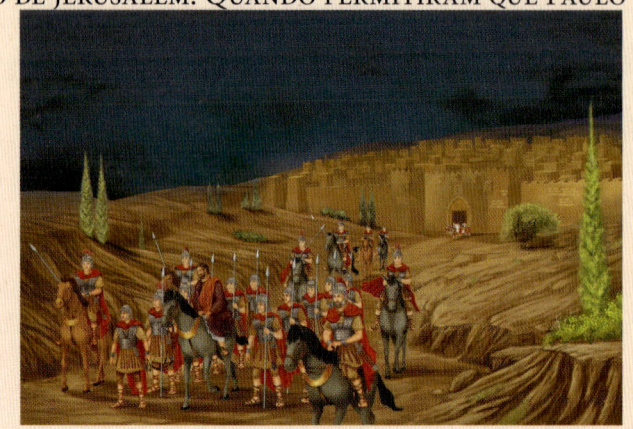

Mapa 22: Paulo Viaja para Roma

TEMPESTADE NO MAR

Paulo estava viajando para Roma a bordo de um navio. Júlio, o centurião romano no comando, acabou gostando muito de Paulo e o tratava com bondade. Entretanto, o tempo ruim e as paradas atrasaram a viagem e um período de tempestades os atingiu. Quando eles lançaram âncora no porto de Creta, Paulo advertiu Júlio e o capitão de que seria perigoso navegar adiante. Mas o capitão o ignorou e zarpou.

Logo eles estavam numa tempestade horrível. Por dias, o navio estava à mercê do mar. A tripulação começou a lançar a carga ao mar, na tentativa de salvar o navio e, depois que vários dias se passaram sem sinal do sol ou das estrelas, toda a esperança parecia perdida. Então Paulo falou à tripulação e aos passageiros para lhes consolar.

– Mantenham a coragem porque um anjo falou comigo e prometeu que todos nós vamos chegar a terra com vida. Somente o navio será perdido. Tenham fé em Deus como eu tenho. Nós seremos salvos.

Atos 27

Mapa 22
C4

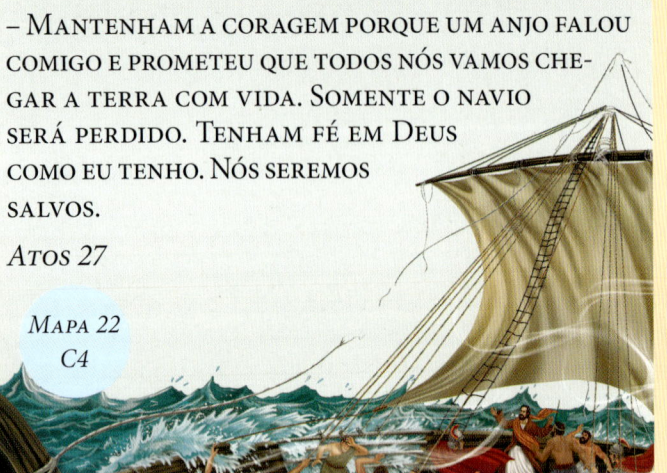

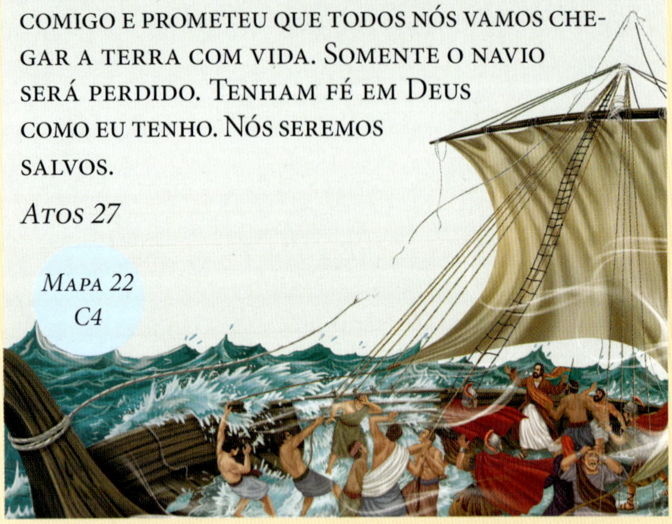

NAUFRAGADOS!

Após duas semanas à mercê da tempestade, eles chegaram a águas mais rasas. Alguns tentaram partir em um bote salva-vidas, pois temiam ser arremessados contra os rochedos, mas Paulo disse ao capitão e ao centurião que todos eles tinham que ficar com o navio para serem salvos.

Pouco antes do alvorecer, Paulo instigou que todos eles comessem. Ele mesmo pegou um pouco de pão e, dando graças a Deus, começou a comer, e assim os outros passageiros foram encorajados a comer também. Tão logo avistaram o litoral, o navio atingiu um banco de areia. A proa logo encalhou, e o navio começou a ser despedaçado pela arrebentação! Os soldados planejaram matar os prisioneiros para impedir qualquer um de nadar para longe e escapar, mas Júlio ordenou a todos que pudessem nadar para chegar a terra e ele disse àqueles que não sabiam nadar para se segurar em pedaços dos destroços e boiar até a praia. Dessa maneira, todos pisaram em terra com segurança. Até a última das 276 pessoas a bordo foram salvas, assim como Deus havia prometido!

Atos 27

Mapa 2.
A3

ENFIM, ROMA!

Paulo e seus companheiros se encontravam agora na ilha de Malta. Eles estavam com frio e molhados, mas estavam vivos! Alguns habitantes foram ajudar. Eles acenderam uma imensa fogueira para aquecê-los. Enquanto Paulo estava colocando mais madeira na fogueira, uma cobra venenosa se esgueirou e se agarrou em sua mão. Paulo calmamente sacudiu a cobra para longe e continuou, como se nada tivesse acontecido. Os habitantes, atônitos, acharam que ele devia ser um deus!

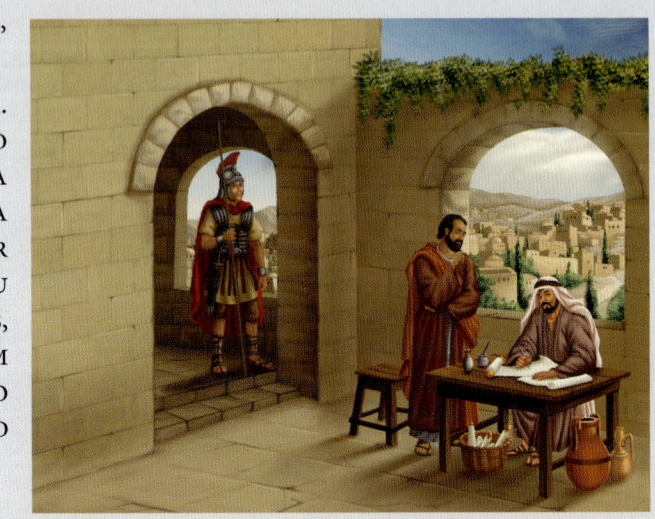

Após três meses, eles zarparam mais uma vez para Roma. Enquanto aguardava que seu caso fosse ouvido, Paulo foi autorizado a viver sozinho com um soldado para vigiá-lo. Embora não lhe fosse permitido sair, ele podia receber visitas; assim, ele pôde continuar a espalhar a mensagem para novas pessoas. Ele também escreveu cartas aos cristãos que conheceu durante suas viagens, para os encorajar e ajudar enquanto eles formavam suas novas igrejas. Não se sabe ao certo como Paulo faleceu, mas muitos acreditam que ele foi executado enquanto estava em Roma.

Atos 28

Mapa 22
A1

O AMOR DE DEUS

As cartas de Paulo e outras compõem uma grande parte do Novo Testamento. Elas falam conosco mesmo hoje em dia, pois muitos dos problemas que enfrentamos e os temores que temos são os mesmos, os conselhos ainda são relevantes, e o consolo oferecido é tão verdadeiro como sempre.

Paulo escreveu aos crentes em Roma antes de ir para a cidade. Suas palavras ajudaram a explicar como a nossa fé em Jesus Cristo nos salvará. Não podemos nos salvar de nossos pecados, mas Deus, em sua amorosa bondade, nos enviou seu filho para que pudéssemos ser salvos ao aceitar Jesus como o nosso Salvador.

Paulo escreveu que a vida será difícil, mas que seremos recompensados no final:

– Acredito que o nosso sofrimento atual não é digno de comparação com a glória que será revelada em nós – e o sofrimento produz a perseverança, o caráter e a esperança!

Romanos 8

Mapa 23 C3

VISTA A ARMADURA DE DEUS

Paulo disse às pessoas da igreja em Éfeso:

– Sejam fortes no Senhor. Os nossos inimigos não são feitos de carne e osso; portanto, vistam cada parte da armadura de Deus. Então mantenham-se firmes, cingindo-se com o cinto da verdade, vestindo a couraça da justiça. E tendo os pés calçados com a prontidão do evangelho da paz, usem o escudo da fé. Vistam o capacete da salvação e a espada do Espírito, que é a palavra de Deus.

A palavra de Deus e o amor de Deus são a nossa proteção contra tudo que a vida possa lançar contra nós.

Efésios 6

Mapa 23 F4

O MAIOR DESTES TRÊS

Para os coríntios, Paulo escreveu:

– Se eu pudesse falar a todas as línguas dos homens e dos anjos, mas não tivesse amor, as minhas palavras seriam nada mais que o som de um gongo barulhento. Se eu tivesse o dom da profecia, ou o conhecimento, ou tanta fé que pudesse até mover montanhas, isso não significaria nada se eu não tivesse amor. E ainda que eu desse tudo que tenho aos pobres, mas se não tivesse amor pelas pessoas, de nada aproveitaria. O amor é paciente e bondoso. Não inveja, não se vangloria, não se orgulha ou é grosseiro. Não busca os seus próprios interesses, não se irrita, não guarda rancor. O amor não se alegra com a injustiça, mas se alegra com a verdade. Tudo sofre, tudo crê, tudo espera, tudo suporta. Assim, permanecem agora estes três: a fé, a esperança e o amor. O maior deles, porém, é o amor.

I Coríntios 13

Mapa 23 E4

UM BOM COMBATE

Rumo ao fim de sua vida, Paulo escreveu para Timóteo:

– Estou sofrendo e fui acorrentado feito um criminoso, mas a palavra de Deus não pode ser acorrentada. Lembre a todos que: "Se morrermos com ele, também viveremos com ele. Se passarmos por provações, reinaremos com ele. Se o negarmos, ele nos negará. Se formos infiéis, ele permanecerá fiel, pois não se pode negar a si mesmo". A hora da minha morte está próxima. Combati o bom combate, terminei a corrida e guardei a fé. Agora me está reservada a coroa da justiça, que o Senhor, justo juiz, me dará naquele dia; e não somente a mim, mas também a todos os que amam a sua vinda.

II Timóteo

Mapa 23 C3

MAPA 23

A Propagação do Evangelho

Sugestões históricas das áreas em que cada um dos quatro Evangelhos do Novo Testamento foram usados

- ● Cidade com comunidade cristã por volta de 100 d.C.
- ● Cidade com comunidade cristã por volta de 200 d.C.
- ░ O Império Romano em Expansão

O Evangelho de:
- ■ Marcos
- ■ Mateus
- ■ Lucas
- ■ João

Igrejas Locais da Bíblia

1. Antioquia, Pisídia: Atos 13:14; Gálatas 1:2
2. Antioquia, Síria: Atos 11:26
3. Atenas: Atos 17:34
4. Bereia: Atos 17:11
5. Cesareia: Atos 10;1,48
6. Cencreia: Romanos 16:1
7. Colossos: Colossenses 1:2
8. Corinto: Atos 18:1
9. Creta: Tito 1:5
10. Cirene: Atos 11:20
11. Damasco: Atos 9:19
12. Derbe: Atos 14:21
13. Éfeso: Atos 18:19
14. Hierápolis: Colossenses 4:13
15. Icônio: Atos 14:1
16. Jerusalém: Atos 2:41-47
17. Jope: Atos 9:36
18. Laodiceia: Apocalipse 1:11; Colossenses 4:15
19. Lida: Atos 9:32
20. Listra: Atos 14:6
21. Pérgamo: Apocalipse 1:11
22. Filadélfia: Apocalipse 1:11
23. Filipos: Atos 16:11-15
24. Puteoli: Atos 28;13-14
25. Roma: Romanos 1:7
26. Sardes: Apocalipse 1:11
27. Sarom: Apocalipse 1:11
28. Esmirna: Apocalipse 1:11
29. Tarso: Atos 9:30
30. Tessalônica: Apocalipse 17:1
31. Tiatira: Apocalipse 1:11
32. Trôade: Atos 20:6-7
33. Tiro: Atos 21:3-4

Localidades no mapa

- Oceano Atlântico
- BRITÂNIA
- GÁLIA
- HISPÂNIA
- CÓRDUBA
- ITÁLIA
- 24. Puteoli
- 25. Roma
- GÁLIA
- ILÍRICO
- SICÍLIA
- ÁFRICA
- O Grande Mar
- Golfo de Sirte
- 10. Cirene
- CIRENAICA
- TRÁCIA
- MACEDÔNIA
- 23. Filipos
- 30. Tessalônica
- 4. Bereia
- ACAIA
- 8. Corinto
- 6. Cencreia
- 3. Atenas
- 9. Creta
- Mar Egeu
- 32. Trôade
- 22. Filadélfia
- 31. Tiatira
- 21. Pérgamo
- 28. Esmirna
- Magnésia
- 14. Hierápolis
- ÁSIA
- 13. Éfeso
- 26. Sardes
- 18. Laodiceia
- 7. Colossos
- Patmos
- Mar Negro
- PONTO
- GALÁCIA
- 1. Antioquia da Pisídia
- 20. Listra
- 15. Icônio
- 12. Derbe
- 29. Tarso
- CAPADÓCIA
- CILÍCIA
- Edessa
- MESOPOTÂMIA
- Babilônia
- 2. Antioquia
- SÍRIA
- Sidom
- 11. Damasco
- 33. Tiro
- CHIPRE
- Salamina
- Pafos
- 5. Cesareia
- 27. Sarom
- 16. Jerusalém
- 19. Lida
- 17. Jope
- ARÁBIA
- Mar Vermelho
- EGITO
- Alexandria

CORRA A CORRIDA

Não temos certeza de quem escreveu o livro de Hebreus, porém alguns acreditam que possa ter sido Paulo. Hebreus nos diz que:

– A fé é a certeza daquilo que esperamos e a prova das coisas que não vemos. Os nossos ancestrais tinham fé: Noé construiu uma arca quando todos estavam rindo dele; Sara acreditou que teria um filho mesmo sendo já idosa; Moisés tirou seu povo do Egito apenas porque Deus lhe disse assim. Deixe-se preencher pela fé. Abandone as coisas que o oprimem para que você tenha a força e a persistência para correr a corrida proposta diante de nós!

O escritor sabia que a nossa jornada cristã não seria fácil, mas, se dependermos de Jesus para obter ajuda, nós nos fortificaremos.

Hebreus

FÉ VERDADEIRA

Outros escritores também tinham palavras inspiradoras a dizer sobre a fé. O apóstolo Tiago escreveu:

– Que proveito é dizer que você tem fé, mas não a demonstra em suas ações? As palavras não são o suficiente; a fé não é o bastante a menos que ela produza boas obras.

Tiago disse aos seus leitores que eles deveriam pedir a Deus as coisas de que precisavam, mas que, quando pedissem, realmente teriam que crer e não duvidar. Se você duvidar, então você é como "uma onda do mar, soprada e lançada pelo vento".

Pedro escreveu:

– Vocês enfrentarão tribulações e sofrimentos, mas não se desesperem! Em vez disso, fiquem alegres, pois essas provações os tornam parceiros de Cristo em seu sofrimento. Elas testarão a sua fé como o fogo testa e purifica o ouro, e lembrem-se de que há uma alegria maravilhosa à frente! Não fiquem abatidos se parecer muito tempo para a volta de Jesus. Deus está sendo paciente, pois ele quer que todos se arrependam. Mas o dia do Senhor virá inesperadamente, portanto, estejam preparados!

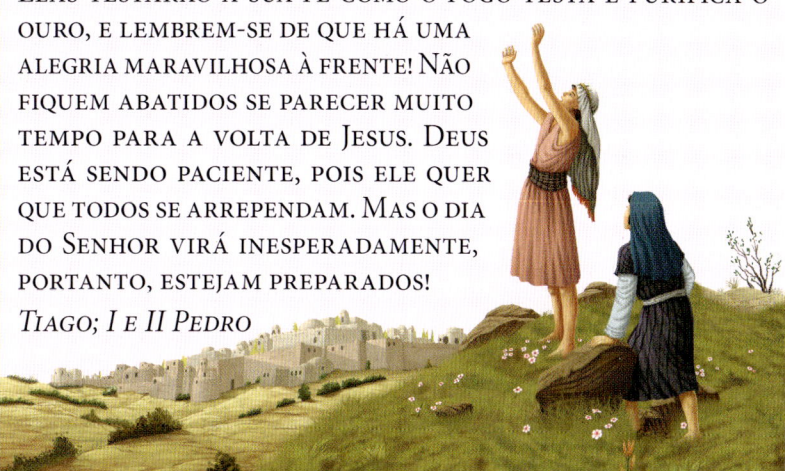

Tiago; I e II Pedro

DEUS É AMOR

O apóstolo João escreveu:

– Deus é amor. Ele mostrou o quanto nos amou ao enviar seu único filho ao mundo para que possamos ter a vida eterna através dele. Já que ele nos amou tanto assim, vamos nos certificar de que nos amamos uns aos outros, para que Deus possa viver em nós e possamos viver em Deus. E como nós vivemos em Deus, o nosso amor crescerá mais perfeito, e quando o dia do julgamento vier, não teremos que temer nada. O perfeito amor lança fora todo o medo! Nós nos amamos uns aos outros, porque ele nos amou primeiro!

I João

Mapa 24 — As Cartas às Sete Igrejas

BITÍNIA

GALÁCIA

- Antioquia

MÍSIA

ÁSIA

FRÍGIA

GALÁCIA

PAMFÍLIA

LÍCIA

CÁRIA

O Grande Mar

Mar Egeu

Locais
- Tróade
- Assôs
- Adramítio
- Lesbos
- Mitilene
- Quios
- Samos
- Ilha de Patmos
- Mileto
- Éfeso
- Esmirna
- Pérgamo
- Tiatira
- Sardes
- Filadélfia
- Laodiceia
- Colossos
- Pátara
- Rodes

Mensagens

- **Mensagem para Éfeso:** "Você abandonou o seu primeiro amor." (Apocalipse 2:4)
- **Mensagem para Esmirna:** "Seja fiel até a morte, e eu lhe darei a coroa da vida." (Apocalipse 2:10)
- **Mensagem para Pérgamo:** "Eu tenho contra você algumas coisas." (Apocalipse 2:14)
- **Mensagem para Tiatira:** "Apeguem-se com firmeza ao que vocês têm, até que eu venha." (Apocalipse 2:25)
- **Mensagem para Sardes:** "Você tem fama de estar vivo, mas está morto." (Apocalipse 3:1)
- **Mensagem para Filadélfia:** "Eis que coloquei diante de você uma porta aberta." (Apocalipse 3:8)
- **Mensagem para Laodiceia:** "Você não é frio nem quente." (Apocalipse 3:15)

João recebeu sua visão e escreveu o Apocalipse enquanto estava no exílio nesta ilha no Mar Egeu. (Apocalipse 1:1-9)

Mapa de contexto
- MACEDÔNIA
- TRÁCIA
- ÁSIA
- ITÁLIA
- SICÍLIA
- CRETA
- Mar Egeu
- O Grande Mar

APOCALIPSE

O último livro da Bíblia é o Apocalipse. Muitos acreditam que ele foi escrito pelo discípulo João na ilha de Patmos. O autor teve uma visão impressionante para descrever:

– No dia do Senhor, o Espírito me arrebatou e eu ouvi uma voz alta detrás de mim dizendo: "Escreva o que você está vendo e envia-o às sete igrejas". Quando me virei, vi sete castiçais de ouro e, entre eles, eu vi um ser semelhante ao Filho do Homem. A sua cabeça e seus cabelos eram brancos como a neve, e seus olhos como chama de fogo. Em sua mão direita, ele segurava sete estrelas, e de sua boca saía uma aguda espada de dois fios. Seu rosto era como o sol mais resplandecente. "Eu sou o Primeiro e o Último", disse ele. "Eu estava morto, mas eis aqui estou vivo para todo o sempre! E detenho as chaves da morte e de Hades*."

Na visão de João, os sete castiçais eram as sete igrejas da Ásia Menor, e o Senhor queria que João enviasse uma mensagem para aquelas igrejas, para corrigi-las e encorajá-las.

N.T. = *Hades significa inferno

Apocalipse 1

Mapas 24 B4

CARTAS ÀS SETE IGREJAS

João foi orientado a escrever às pessoas das sete igrejas da Ásia Menor. Cada igreja enfrentava desafios: a igreja de Éfeso estava fazendo boas obras, mas tinha se desviado em seu relacionamento com Cristo; a igreja de Esmirna estava mantendo a fé, mas estava sob perseguição; a igreja de Pérgamo era fiel, mas estava dando ouvidos a falsos mestres; a igreja de Tiatira tinha progredido bastante, mas ainda estava tolerando uma falsa profetisa; a igreja de Sardes estava espiritualmente morta e precisava acordar; a igreja de Filadélfia era fiel, mas pequena; e a igreja de Laodiceia nada mais era do que indiferente, eles eram materialmente ricos, mas falhavam em perceber que espiritualmente eram pobres.

Jesus queria que as pessoas dessas igrejas olhassem em seu interior e se arrependessem de verdade e o recebessem em seu coração. As cartas eram um alerta, mas eram também uma promessa.

Apocalipse 2-3

Mapa 24

"EM BREVE EU VOLTAREI!"

João viu muitas coisas horríveis em sua visão. Um período terrível se seguiria, mas, por fim, tudo o que é mau será destruído, e o reino de Deus imperará. Depois do julgamento final, um novo céu e uma nova terra substituirão os antigos. Ele escreveu:

– Então eu vi um novo céu e uma nova terra, e eu vi a Cidade Santa descendo dos céus como uma bela noiva. Eu ouvi uma grande voz falando do trono: "Agora o lar de Deus é com o seu Povo! Ele viverá com eles. Eles serão o seu povo, e ele será o seu Deus. Não haverá mais morte, nem aflição, ou choro, ou dor. Ele fará novas todas as coisas! Pois ele é o primeiro e o último, o começo e o fim". E me foi mostrada a Cidade Santa, brilhando com a glória de Deus. Seu templo é o Senhor Deus Altíssimo e o Cordeiro. Mas somente entrarão aqueles cujos nomes estão escritos no Livro da Vida do Cordeiro. "Escutem!", diz Jesus. "Em breve, eu voltarei!"

Amém. Venha, Senhor Jesus!

Apocalipse 21-22

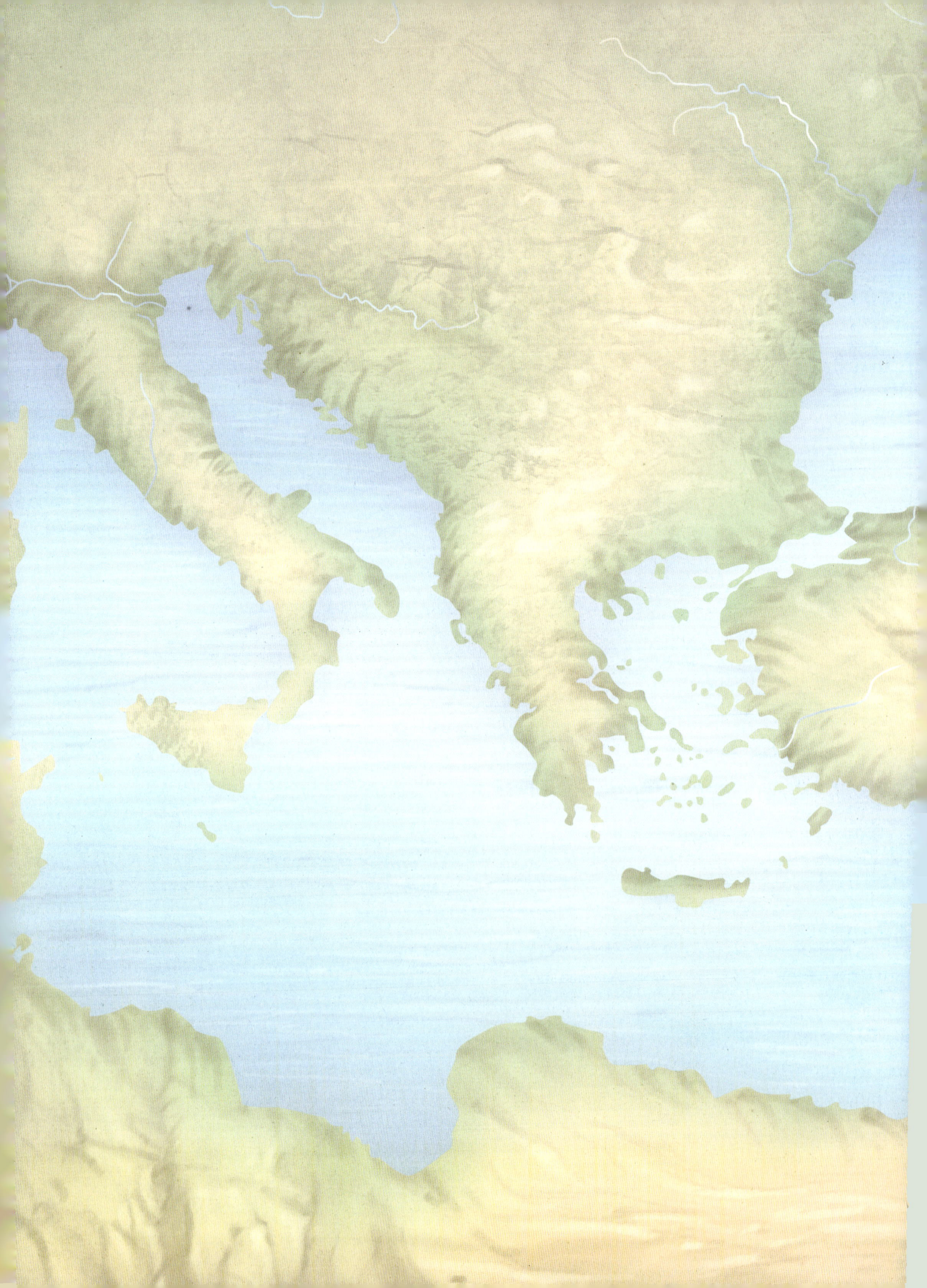